FOLIOTHÈQUE

Collection dirigée par

Bruno Vercier
Maître de conférences
à l'Université de
la Sorbonne Nouvelle – Paris III

Louis-Ferdinand Céline
Voyage au bout de la nuit
par Henri Godard

Henri Godard

présente

Voyage

au bout de la nuit

de Louis-Ferdinand Céline

Gallimard

Henri Godard est professeur de littérature française à l'Université Paris VII. Il a consacré plusieurs études à Louis-Ferdinand Céline et a procuré l'édition de la « Bibliothèque de la Pléiade » de ses romans. Ses travaux ont également porté sur Jean Giono, et il a publié en 1990 *L'autre face de la littérature. Essai sur André Malraux et la littérature.*

Le dossier iconographique a été réalisé par Nicole Bonnetain.

© *Éditions Gallimard, 1991.*

ABRÉVIATIONS

V	*Voyage au bout de la nuit*, coll. Folio.
R I, R II, R III	Céline, *Romans*, Bibliothèque de la Pléiade, tomes I, II, III.
CC 1, CC 2, etc.	*Cahiers Céline* n° 1, 2, etc. (éd. Gallimard).

INTRODUCTION

Ce roman, publié voici déjà près de soixante ans, en 1932, a conservé toute sa puissance – on pourrait aussi bien dire, en reprenant le mot que Céline y applique à New York, sa raideur. Il a, aujourd'hui encore, de quoi empoigner ses nouveaux lecteurs, les plus jeunes en particulier, qui n'ont pas fini de sentir se propager en eux ses vibrations. Comme toute première œuvre, il a ses excès et ses complaisances, mais il atteint dans la réussite ce point où les faiblesses se transforment en éléments de complicité avec le lecteur. Il est de ces livres qui surgissent dans l'histoire de la littérature en rupture avec la production contemporaine et qui s'imposent à l'instant. Avec les années, ce qu'ils perdent en pouvoir de scandale, ils le gagnent en profondeurs peu à peu découvertes.

L'accent propre de *Voyage au bout de la nuit* est d'abord celui d'une formidable protestation, dont la force tient à la fois à la diversité des facteurs d'écrasement contre lesquels elle s'élève, et à la langue dans laquelle elle se formule, ce français populaire que Céline réintroduit dans la littérature. Bardamu, à la première page, ne s'y lance que malgré lui, mais bien décidé, une fois qu'il a ouvert la bouche, à ne rien garder pour lui et à dire tout ce qu'il a sur le cœur.

Il a été confronté, à chacune des étapes de sa vie, à ce que l'époque et la société ont produit de pire. Il est placé pour en faire le bilan, et il le fait, pour la première fois, non pas dans la langue de ceux qui sont du côté du pouvoir, mais dans celle de tous les autres. Il a poussé la révolte jusqu'à juger que la langue écrite enseignée à l'école avait partie liée avec l'ordre social, et jusqu'à choisir contre elle les mots et les tournures qu'elle bannit. Mais, dans le même temps, il s'en prend aussi à une vision optimiste, et par là selon lui lénifiante et aliénante, de la vie et de l'homme. Il lui oppose, à coup d'aphorismes et d'affirmations, une vérité qu'il a payé pour découvrir. Sur ce plan aussi, il est affranchi, et il veut affranchir ceux auxquels il s'adresse. Sur ce plan aussi, la langue qu'il a choisie a son rôle à jouer.

Considéré sous cet angle, le mouvement qui anime le roman peut paraître ne pas différer fondamentalement de celui qui sera, quelques années plus tard, à l'origine des pamphlets écrits par Céline. Il est qui plus est possible de déceler dans *Voyage* des vues idéologiques qui seront celles des pamphlets, et même, sous forme de brèves mentions, l'indication de leurs cibles. Si l'on ajoute à cela le fait que, dès 1932, il était clair que derrière l'histoire de Bardamu il y avait l'expérience de Céline, l'on peut être tenté de ne plus voir le roman que d'un point de vue idéologique.

Or *Voyage au bout de la nuit* veut être et est avant tout une œuvre littéraire. Dans les premières interviews de 1932-1933, quand Céline est invité à dire ce qu'a été son projet, les références au moyen desquelles il cherche à se situer sont trois écrivains : Rabelais, pour le refus du réalisme (« Bardamu n'est pas plus vrai que Pantagruel et Robinson que Picrochole. Ils

Vieux bleu, buste en papier mâché peint à l'huile de Chasse-Pot. Galerie Fanny Guillon-Laffaille, Paris. Ph. Geoffroy Parisot.
« Pour que dans le cerveau d'un couillon la pensée fasse un tour, il faut qu'il lui arrive beaucoup de choses et des bien cruelles. »

ne sont pas à la mesure de la réalité »,
CC 1, p. 31), Shakespeare, pour le genre
de cohérence qu'il poursuit (« Il faut que
j'entre dans le délire, que je touche au plan
Shakespeare, car je suis incapable de
construire une histoire avec l'esprit logique
des Français », *CC 1*, p. 51) et Dostoïevski,
pour la capacité de faire du roman une
interrogation sur la condition humaine
(« Dostoïevski, ça pose une question »,
CC 1, p. 37).

Non qu'il prétende s'égaler à eux. Mais
ces trois noms définissent bien le plan sur
lequel il entend trouver sa vraie place. Par
rapport à cela, assertions et provocations
peuvent retenir d'abord l'attention et
assurer à un premier niveau l'unité de la
succession d'expériences vécues par Bardamu. Mais, si vengeresses et expressives
soient-elles, elles ne suffiraient pas à
donner au roman la résonance qu'il
conserve après soixante ans, s'il n'y avait
pas derrière elles toute la dynamique d'un
imaginaire, et l'invention d'un style.

L'univers de *Voyage au bout de la nuit*
est de ceux qui sont tout entiers unifiés
par l'imaginaire. Un principe organisateur
y donne sens aux réactions d'attirance ou
de répulsion que suscitent en chacun les
différents aspects du monde sensible. Un
sens exceptionnel de la mort à venir, qui
la rend à tout instant d'ores et déjà
présente, se projette sur le monde et
l'ordonne en se traduisant en termes de
matière et de forme, d'inertie et de
mouvement, d'autres oppositions encore
qui font série avec celles-ci. Il porte
l'invention de l'histoire en donnant leur
loi interne aux mouvements qui la compo-

sent. L'imaginaire constitué sur cette base est assez puissant pour capter à son profit les forces qui ne sont pas directement issues de lui, celles par exemple qui naissent d'une volonté de mise à l'écoute de l'inconscient.

La résultante ultime du jeu de ces forces qui régissent représentation et invention est un sentiment tragique de la vie, ici et là condensé en formules. Ce sentiment n'est pas neuf en lui-même, mais il se renouvelle ici de tout ce que le XXe siècle lui a apporté par son histoire et par les conceptions qui lui sont propres. Pourtant, malgré les formules sans réplique dans lesquelles il s'exprime, il est moins, ici comme ailleurs, une affirmation qu'une interrogation angoissée sur la vie et sur l'homme. C'est à cela qu'il doit son pouvoir sur le lecteur, car cette interrogation est en puissance celle de tous, même si tous ne lui accordent pas la même place dans leur vie. Elle ancre le roman qui lui donne forme au plus profond de l'expérience commune.

Dès la première phrase, ce « Ça a débuté comme ça » qui lance l'œuvre de Céline aussi sûrement que le « Longtemps je me suis couché de bonne heure » de Proust lance la *Recherche*, la voix qui se fait entendre dans le roman ne se réduit pas non plus à son inflexion de défi. La langue populaire qu'elle adopte fait une incomparable caisse de résonance à toute la part de dénonciation sociale que contient le discours de Bardamu, mais elle a aussi ses ressources propres. En tant que populaire, elle a avec le monde concret et avec le corps un rapport qui n'est pas celui de la langue académique, et qui ouvre à qui y est sensible une inépuisable réserve d'expressivité affective et de comique. En tant qu'orale, elle peut gauchir l'organisation habituelle de l'écrit, fondé sur le découpage en phrases complètes et sur le primat du sens. Dès *Voyage*, elle le fait jusqu'à y intégrer certains traits caractéristiques de la parole, en premier lieu la place qu'elle fait au rythme. Céline ne se contente pas de transcrire cette langue, il la travaille dans des directions qui répondent à des exigences personnelles, non sans rapport avec celles qui gouvernent son imaginaire. En d'autres termes, il en fait un style.

Ainsi se constitue, d'une multiplicité de plans dont chacun reflète les autres à sa manière, cette totalité indivisible que nous nommons une œuvre.

I. LA RENCONTRE D'UN IMAGINAIRE ET D'UN SIÈCLE

1. L'ÉPOQUE A TRAVERS SES EXPÉRIENCES CLÉS

> « La guerre, c'est la misère du peuple. »
>
> Blaise Cendrars, *L'Homme foudroyé*.

Quiconque lit *Voyage au bout de la nuit* pour la première fois ne peut manquer d'être saisi par la virulence de la dénonciation. Toutes les formes d'inhumanité qu'un certain ordre social a fait produire à l'époque s'y trouvent rassemblées. D'épisode en épisode, c'est la volonté de dénonciation qui semble d'abord conduire le récit. Ces années, qui pour une poignée de privilégiés étaient les Années folles, étaient pour les Bardamu et les Robinson cette course de bête aux abois en butte à des agressions toujours nouvelles qui, à elles toutes, dessinent un autre visage de l'époque, celui qu'elle avait du côté des opprimés.

De toutes les horreurs qui le composent, la plus atroce, la plus significative, celle qui par la suite sera l'étalon des autres et révélera leur sens, c'est la guerre. Le 2 août 1914, des millions de Français et d'Allemands sont partis allègrement, chacun de leur côté, pour se tirer les uns sur les autres et s'exposer aux balles les uns des autres. Céline, qui faisait partie de la masse en qualité de cuirassier engagé deux ans plus tôt, n'en aura jamais fini ensuite de s'étonner de cette entrée en guerre et de méditer sur ce qu'il aura vu au front. Il n'y aura passé que quatre mois, ceux de la guerre de mouvement, avant d'en être sauvé par des blessures. Mais, jusqu'à sa mort, cette expérience restera pour lui l'ultime référence.

Avant d'écrire son roman, Céline avait d'abord raconté sous forme d'une pièce de théâtre intitulée *L'Église* les aventures de Bardamu en Afrique, à New York, ailleurs encore, et pour finir dans la banlieue parisienne. Dans la genèse de *Voyage*, le moment décisif est celui où il a l'intuition de ce que pourrait être la même histoire, si d'une part il en faisait un récit à la première personne, et si d'autre part il la faisait commencer avec ce qui pour lui a en effet été le début de tout : la guerre.

Des centaines de livres, dont certains acclamés, avaient déjà été publiés sur la guerre lorsque en 1929 Céline se met à écrire. Il en avait lu certains et en reprend même des détails. Si *Voyage* parut pourtant si neuf, même dans cet épisode inaugural de la guerre, à sa publication en 1932, cela est dû à la fois au choix révolutionnaire d'une langue à résonance populaire et à un don de résumer toute une expérience en quelques scènes, quelques figures ou quelques gestes emblématiques. Sur ce point, l'exemple le plus frappant est la condensation de cet enthousiasme du départ en guerre dans l'engagement paradoxal de Bardamu à la fin de la première séquence. Lui qui vient de dénoncer le bourrage de crâne patriotique, une impulsion incontrôlable lui fait emboîter le pas à un régiment de cavalerie. Tout ce qui viendra ensuite prendra son relief sur le fond de ce mouvement originel : la scène du colonel qui s'expose au milieu de la route (et à cause de lui la vision du premier mort, le sang glougloutant dans le cou coupé), la distribution de la viande dans un pré, les errances dans la nuit à la lueur des villages qui brûlent, les inoubliables figures du général des Entrayes, du commandant Pinçon et d'autres, la confrontation avec les civils de Noirceur-sur-la-Lys, puis la rencontre avec Robinson et les vains efforts pour se faire prendre prisonniers, – et derrière tout cela la pensée lancinante de l'autre guerre, celle que les gendarmes mènent contre les soldats qui cherchent à échapper à la première.

Mais la guerre, ce n'est pas seulement le front. Sur d'autres aspects de l'âme humaine, l'égoïsme, l'avidité, l'insensibilité à la douleur d'autrui dont on profite, le spectacle de Paris n'a pas moins à apprendre. Il jette un éclairage nouveau sur toute une série de réalités sociales et de comportements individuels qui existaient avant la guerre et n'ont apparemment rien à voir avec elle, mais qui n'en diffèrent pas fondamentalement. Ici, il ne s'agit plus d'une mort par balle, immédiate, mais le résultat est le même. C'est toujours une part de l'humanité qui en pousse une autre à la mort, plus ou moins lentement, plus ou moins directement.

Quand Bardamu fait l'expérience de la colonisation, il est apparemment passé du bon côté. Mais il a appris une fois pour toutes (dépucelé, dit-il) à ne pas s'arrêter aux apparences. S'il avait oublié la leçon de la guerre, la traversée sur l'*Amiral*

Bragueton la lui aurait rappelée. En Afrique, sa qualité de Blanc a beau lui donner à elle seule, dans le monde idéologique de la colonisation, une supériorité sur les Noirs, il a pleinement conscience que la ligne de partage ne passe pas entre eux et lui, mais entre ceux qui profitent vraiment du système et les autres, quoi que certains en pensent. Le don de condensation et de grossissement efficace du trait est employé ici à dénoncer la brutalité et l'hypocrisie de ce système. Cela ne l'empêche pas d'entrer dans une ébauche d'analyse lorsque, à travers les personnages de Grappa et d'Alcide, il distingue une colonisation de type militaire et une autre fondée sur le commerce et sur le fisc. Mais ce qu'il apporte de plus neuf, qui va au-delà des dénonciations faites avant lui, c'est la mise en évidence de l'absurdité du système pour le plus grand nombre de ceux qui croient en bénéficier. Ce monde vit sous le signe de l'absurde plus encore que de l'injustice. C'est lui qui fait l'unité, le comique et la force du tableau que Céline en présente. Les routes construites chaque année à la saison sèche sont effacées par la saison des pluies. Les miliciens de Topo s'agitent dans le vide. Mais de leur côté les Blancs ne vont au bordel que pour pincer les fesses de la patronne. Militaires ou employés de la Compagnie Pordurière, directeur peut-être compris, ils peinent, font du zèle, perdent leur santé pour le plus grand profit des actionnaires parisiens. Parce qu'il l'a compris, Bardamu, à la différence des petits Blancs qui l'entourent, reste assez proche des colonisés pour les voir, en dépit de tout ce qui les sépare, « en somme tout comme les pauvres de chez nous » (*V*, p. 186).

Il retrouvera « ces pauvres de partout », allant « au boulot sans doute, le nez en bas » (*V*, p. 246) dans les rues de Manhattan. Ce sera sa première vision du pays supposé de la richesse. Mais auparavant, il aura appris qu'il y a des pauvres parmi les pauvres. Deux moments de l'épisode américain de *Voyage* font place dans le texte à un aspect différent de la même réalité. L'énorme comique de l'épisode où Bardamu s'improvise agent compte-puces ne doit pas masquer que sa situation est celle de tous les habitants des pays pauvres de la planète qui cherchent à pénétrer dans un des pays favorisés. Par-delà les pages fameuses consacrées à New York et à l'usine Ford, la nouvelle rencontre de Robinson fera écho à cette arrivée. En deux traits, le travail de nettoyeur de nuit et la non-acquisition de la langue du pays (de l'anglais, les hommes qui travaillent avec Robinson n'ont appris en trente ans que deux mots, et pour cause : « exit » et « lavatory »), il y a là toute une image du travail immigré. Soixante ans plus tard, elle n'a rien perdu pour nous de son actualité.

En incluant New York parmi les aspects du monde moderne dont il fait faire le tour à Bardamu, Céline touche cette fois à l'une de ses réalisations qui fascinent le plus toute l'époque. En France même, reportages, témoignages et fictions témoignent abondamment, avant *Voyage*, de ce prestige. Dans ces pages, Céline se souvient notamment, pour se situer par rapport à eux, des livres écrits par Paul Morand et

Roger de La Fresnaye : *Le cuirassier*. Musée national d'Art Moderne, Centre Georges Pompidou, Paris. Ph. du Musée.
« On emmenait toujours le cheval à la bride, derrière nous, comme un très gros chien... »

par Georges Duhamel. Sur aucun autre sujet la nouveauté que donne à Céline par rapport à des livres antérieurs son changement de point de vue et de ton ne se fait plus sentir, comme si New York était un lieu privilégié de cette trajectoire. Il n'en est aucun dont Bardamu attendait davantage. Il n'en est aucun qui, en tant que métropole par excellence de ce monde moderne, pût mieux lui découvrir la seconde des deux manières dont les hommes peuvent vous tuer, celle du temps de paix : « par l'indifférence absolue de vos semblables » (*V*, p. 109).

Le nom de Ford a longtemps été associé à la production en série de l'objet qui était en train de devenir l'objet-fétiche du XXᵉ siècle : l'automobile. Cette production reposait sur une organisation nouvelle du travail qui allait de son côté, vécue par des millions d'hommes, devenir une des marques de l'époque. Elle consistait en une division extrême de ce travail en tâches élémentaires accomplies chacune, toujours la même, par un seul ouvrier, au long d'une chaîne. Rien, dans les témoignages de l'époque, n'indique que les usines Ford recrutaient particulièrement des ouvriers malades ou diminués. La scène de l'embauche dans *Voyage* est selon toute apparence largement due à une transposition de la réalité par l'imaginaire célinien, mais elle est l'occasion de saisir à quel point cet imaginaire est en prise sur les réalités profondes de son temps. Car Ford, dans les années vingt, n'embauche peut-être pas de sous-hommes, mais le travail à la chaîne est bien un facteur d'abrutissement, sinon de déshumanisation, et l'embauche de sous-hommes risque d'en être la conséquence. Comment rester un homme en répétant huit heures par jour un geste aussi mécanique et en supportant l'odeur d'huile brûlante et le vacarme d'une chaîne de montage ? « On cède au bruit comme on cède à la guerre » (*V*, p. 288). En échappant à l'usine, Bardamu sauve non plus sa peau, mais quelque chose encore d'essentiel.

Il le sauve grâce à Molly. Mais une Molly serait-elle possible dans ces banlieues ouvrières indéfiniment étendues autour des grandes villes d'Europe, où s'incarne depuis la fin du XIXe siècle une certaine misère moderne, matérielle et morale ? La seconde moitié du roman est dominée par cette autre réalité, non plus paroxystique ni exotique, mais proche, permanente, ordinaire, quotidienne, tout entière résumée dans le nom trouvaille de Rancy. Banlieues qui un jour ont été campagne, puis ont été loties en petits pavillons, à leur tour éliminés au profit d'immeubles ; banlieues des arrière-cours ; banlieues des tramways surchargés bringuebalant ; banlieues des usines dont les fumées sont si épaisses qu'elles ne laissent jamais parvenir à ras de terre qu'un soleil étiolé.

Au fil des errances et des échecs de Bardamu, Céline fait si bien de ce Rancy le lieu d'une négation de la vie qu'on pourrait le soupçonner de se complaire dans cette noirceur. Mais ces mêmes notations, et même leur prolongement métaphysique, on les retrouve aussi bien sous la plume de quelqu'un qui est à tous points de vue aux antipodes de Céline, la jeune journaliste tchèque Milena Jesenska, l'ancienne fiancée de Kafka, quand elle décrit les dimanches des faubourgs de Prague : « Par les fenêtres ouvertes s'échappent des valses désaccordées ; les boutiques sont fermées, et dans les rues ne déambulent que des gens bizarres qui se forcent à la gaieté parce que le jour l'exige. La rue exhale la résignation et la stérilité ; le cerveau est envahi par les souvenirs les plus mélancoliques et une question plaintive remonte à la surface, un *pourquoi* qui englobe toute l'absurdité humaine, toute la tristesse et toute la joie, tout le travail et le moindre de nos espoirs [1]. » C'est cette banlieue qui, d'un bout à l'autre de l'Europe, offre les mêmes images et pose les mêmes questions que Céline fait ici entrer dans la littérature.

Les différents aspects du siècle auxquels est tour à tour confronté Bardamu trouvent leur unité d'abord dans le point de vue commun d'où ils apparaissent, celui des victimes et des écrasés. Rien de plus instructif à cet égard que la comparaison de cette histoire de Bardamu avec l'expérience propre de Céline. Comme avait tenu à le faire savoir la notice biographique distribuée par l'éditeur en 1932 (voir Dossier, p. 155), l'histoire repose bien, étape par étape, sur une expérience. Mais celle-ci s'était parfois faite dans des conditions de facilité ou même de privilège, comme dans le cas des usines Ford, que Céline avait visitées en tant que membre d'une mission envoyée par la Section d'hygiène de la Société des Nations. Or la vision qui se cherche à travers le roman suppose que le personnage-narrateur soit toujours du côté de ceux qui pâtissent,

1. Milena Jesenska, *Vivre*, Éditions Lieu commun, 1985.

ceux qu'il nomme les miteux, d'un terme de leur langage qui dit mieux qu'un autre ce mélange d'exploitation, d'injustice et de malchance qui les a faits ce qu'ils sont (le mot revient seize fois dans le roman). Céline est donc amené, tantôt à faire passer Bardamu de l'autre côté de la barrière (candidat à l'embauche puis ouvrier chez Ford), tantôt à réduire à rien le privilège théorique dont il jouit (médecin, mais médecin qui ne gagne pas mieux sa vie que ses malades).

Voyage au bout de la nuit a été écrit au moment même où la Crise financière et économique déclenchée aux États-Unis s'étendait progressivement à tous les pays d'Europe. Des ondes de difficultés supplémentaires ne peuvent pas ne pas atteindre les hommes au milieu desquels vit Bardamu, et le mot de *crise* apparaît en effet dans le texte (voir par exemple p. 306, 398, 437, 521), mais toujours au passage, sans être jamais assez orchestré pour faire du roman une illustration plus particulière de ces années. C'est que, pour les habitants de Rancy et tous leurs semblables, la crise est en réalité éternelle et permanente. Elle n'est pas pour eux comme pour d'autres la rupture avec une ère de prospérité – seulement un surcroît de difficulté à vivre.

2. L'AMBIGUÏTÉ IDÉOLOGIQUE

Une critique sociale si forte, visant tour à tour l'armée, les responsables de la colonisation, le pouvoir de l'argent, les patrons, au passage la religion jugée complice, en un mot l'ordre établi sous tous ses aspects, devait apparaître comme un livre « de gauche », et c'est bien ainsi qu'il fut reçu par une majorité de lecteurs en 1932. Deux extraits de comptes rendus parus dans la presse libertaire peuvent donner le ton de cette réception, par le *nous* qu'ils emploient d'emblée pour parler du livre : « Nous le lisons et nous l'aimons tout de suite. Nous ? C'est-à-dire tous ceux qui ont gardé quelque rage au ventre, quelque fiel dans le cœur. Nous qui n'acceptons ni le monde comme il va, ni la société où nous sommes, ni les hommes tels qu'ils sont » (*Le Canard enchaîné*). « Comment ne pas sympathiser, nous anarchistes, avec cet homme, éternel insatisfait, avec [...] son insoumission totale à la guerre et à ses horreurs, à la vieille société bourgeoise profondément pourrie, à son besoin de dominer les malheureux » (*Le Libertaire*). Céline était même salué comme « un des nôtres » dans un journal proche du Parti communiste, *Monde*, l'hebdomadaire dirigé par Henri Barbusse.

Les marxistes de stricte obédience étaient, eux, mieux armés pour rester sur leurs gardes, dans la mesure où, si *Voyage* faisait bien une critique incomparable de la société en place, ils ne pouvaient en revanche y trouver la moindre trace de leurs espérances révolutionnaires (voir Dossier, p. 191). A l'annexion enthousiaste s'oppose ici la lucidité prophétique d'un Paul Nizan : « Cette révolte pure peut le mener n'importe où : parmi nous, contre nous, ou nulle part. »

Il y avait en réalité dans *Voyage* des traits isolés qui, devenus lisibles pour nous à la lumière d'écrits postérieurs de Céline, auraient peut-être pu laisser pressentir dès cette époque que Céline était idéologiquement plutôt destiné à se dresser contre la gauche qu'à s'y rallier. Mais sur le moment, l'évidence de la critique sociale était telle que seuls les plus vigilants y résistent, et en s'en tenant à l'essentiel : l'incompatibilité de la conception de l'homme qui sous-tend leur action avec celle qu'expose et illustre le roman.

Toute position politique progressiste, qu'elle tende au socialisme ou à l'anarchie, implique que l'on fasse confiance aux hommes, ou à tout le moins qu'on les croie capables de se transformer. Si Céline ne parle pas de lendemains qui chantent, c'est d'abord qu'il ne croit pas à la possibilité d'un homme nouveau. Au postulat progressiste, il s'oppose doublement, par sa croyance en une nature humaine immuable, et par l'image négative qu'il s'en fait. Pour penser qu'une autre organisation de la société améliorera les hommes, il faut juger que les insuffisances et les défauts que l'on constate en eux sont imputables, au moins chez les exploités, aux effets pervers de l'organisation actuelle. Or Céline, virulent contre les patrons et les riches, ne l'est guère moins contre leurs victimes. Quand il parle de l'insensibilité, de l'égoïsme, de l'avidité, du plaisir de nuire, en un mot de la « vacherie » des hommes, et même déjà, selon le terme dans lequel il résumera plus tard tous ses griefs, de leur « lourdeur » (*V*, p. 301, 438), il ne fait pas exception des pauvres et des exploités. Pire : il n'hésite pas à entrer dans le détail des formes particulières que prennent chez eux cette vacherie et cette lourdeur. Dès la seconde page du roman, contre Arthur Ganate qui tente de le ramener au respect des générations de victimes dont ils sont issus l'un et l'autre, il fait précéder le rappel de leurs malheurs de deux adjectifs qui suffisent à tout dire : « haineux et dociles » (V, p. 16). La faillite de l'homme chez les pauvres, selon Céline, c'est que non seulement ils se laissent faire, mais encore ils font tourner leur ressentiment en haine les uns contre les autres. Il y a de la provocation dans l'expression de « vieux travailleurs » par laquelle Céline introduit dans l'épisode de Bicêtre l'évocation d'une sorte de quintessence de cette haine.

« Les vieux travailleurs broutaient toute la fiente qui dépose autour des âmes à l'issue de longues années de servitude. [...] Ils ne se servaient de leurs ultimes et chevrotantes énergies que pour se nuire encore un peu et se détruire dans ce qui leur restait de plaisir et de souffle. Suprême plaisir ! Dans leur carcasse racornie il ne subsistait plus un seul atome qui ne fût strictement méchant » (V, p. 117).

Il n'est pas certain que, dans tant de noirceur, il ne faille pas faire la part du dépit de ne pas trouver les hommes à la hauteur de ce qu'on ne peut s'empêcher d'attendre d'eux. De Bicêtre, de Rancy et des autres lieux dépeints par Céline, peut-être faut-il dire ce que dit Malraux du Yonville de *Madame Bovary* : qu'ils poussent « un appel incurable à la dignité d'être homme [1] ». Mais on est loin, quoi

1. A. Malraux, *L'Homme précaire et la littérature*, p. 169.

qu'il en soit, de tout progressisme de nature politique. Trotski, qui perçoit dès 1933 la nouveauté et la richesse du roman, le démystifie sur ce plan avec toute la rigueur de la dialectique marxiste : dans la mesure où Céline rejette « non seulement le réel, mais ce qui pourrait s'y substituer », il soutient « l'ordre social existant ». (On comprend la jubilation de Céline lorsque en mars 1948, exilé au Danemark, il apprit d'Arletty que, d'après un haut dignitaire du régime soviétique, *Voyage* était « le livre de chevet » de Staline – l'information semble avoir été par la suite confirmée par d'autres sources. En trois jours, il fait part de la nouvelle à ses trois principaux correspondants.)

Bardamu, dès la première scène, se réclame de l'anarchie, ou plutôt il reprend à son compte le terme d'anarchiste dont Ganate vient de le qualifier par polémique (pour répondre à sa négation de l'amour). Il est notable que, les six fois où le terme intervient dans le roman (*V*, p. 17, 83, 232, 236, 345, 476), il est mis dans la bouche d'adversaires, comme une injure, et donc jamais en situation de recevoir une définition tant soit peu positive. En réalité, l'anarchie suppose, bien plus encore qu'une politique dirigiste, un crédit fait à l'homme. Malgré ses sympathies, Céline est très éloigné de toutes les tentatives qui ont pu être faites pour donner un contenu concret à l'anarchie. Pour s'en convaincre, il suffit de considérer le jugement qu'il porte sur l'instruction. L'effort dans ce domaine est à la base aussi bien de la IIIe République de Jules Ferry que de maint essai de communauté anarchiste. Or

Céline, dans *Voyage*, n'en retient que le moyen ainsi donné aux gouvernants, par l'école puis par la lecture de la presse, d'inculquer au peuple des idées de défense de la patrie contraires à ses intérêts. Cette vue, largement développée dans le discours de Princhard (*V*, p. 92-93), est ensuite reprise par Bardamu narrateur dans l'épisode africain (*V*, p. 183). Céline a été à ce point traumatisé par l'enthousiasme avec lequel des millions d'hommes destinés à y mourir sont entrés dans la guerre en août 1914, que l'événement est devenu pour lui la pierre de touche de tout jugement. L'aptitude à lire et l'instruction peuvent contribuer à faire accepter la guerre : cela suffit pour qu'il les condamne. A côté de cela, les pointes lancées contre le vote, mécanisme essentiel des démocraties représentatives (*V*, p. 183, 239), et a fortiori celles qui visent divers aspects de protection sociale (*V*, p. 239), peuvent être tenues pour superficielles.

Tout cela, proféré avec une indéniable provocation contre un très large consensus, ne tire guère à conséquence. Il n'en est pas de même de l'emploi on ne peut plus flottant qui est fait de l'adjectif *biologique*. Il recouvre indistinctement du prestige d'une science encore proche de ses origines et riche de promesses toutes les réalités auxquelles il est accolé. Céline l'emploie en un sens qui ne dépasse guère celui d'« hygiène » quand il parle des « principes biologiques sommaires » de Baryton (*V*, p. 540). Mais ailleurs, il utilise les connotations scientifiques du mot à des fins contradictoires, tantôt de dévalorisa-

Charge de cuirassier, dessin de Céline d'après *L'Illustré National*, 1914. Coll. particulière. Ph. Éditions Gallimard.
« "J'en ai sabré deux !" assurait-il à la ronde... »

tion, tantôt d'une valorisation mal définie qui se prête à toutes les spéculations. D'un côté, il parle d'« aveu biologique » (*V*, p. 149) ou d'« ignominies biologiques » (*V*, p. 427), pour opposer les servitudes physiologiques du corps (des « tripes ») à toute prétention spiritualiste. Mais quand il évoque les « révélations capitales au sens biologique » suggérées par les corps des Américaines (*V*, p. 74), ou la « communion biologique » que les amies de Lola pourraient offrir à Bardamu (*V*, p. 275), le sens sexuel s'auréole d'un arrière-plan qui tient plus de la mystique que de la science, comme le montre l'expression « message vital » qui paraphrase le dernier de ces emplois. Rapprochées de ces flottements, deux formules comme « vivacité commerciale, orientalo-fragonarde » (*V*, p. 74) et « musique négro-judéo-saxonne » (*V*, p. 97) marquent l'affleurement d'un racisme encore sans virulence à cette époque, mais que les circonstances pourraient activer, et qui serait alors tout prêt à prendre appui sur un prétendu savoir « biologique ».

Ces mises au point ne doivent pourtant pas annuler l'orientation fondamentale du roman sur ce plan du rapport aux réalités historiques et sociales de l'époque. Les écrits polémiques ultérieurs de Céline nous font un devoir de cerner au plus près les ambiguïtés de *Voyage*. Mais il reste qu'une voix est donnée ici comme elle ne l'avait encore jamais été aux exclus de toute société, anciens ou nouveaux pauvres, laissés-pour-compte de l'accroissement général des richesses et de l'amélioration du niveau de vie. Au-delà ou en deçà d'une analyse économique ou politique, il y a chez Céline la volonté de saisir pour la dénoncer une autre vérité de l'inégalité sociale. Même s'il se refuse à supposer une différence de nature entre pauvres et riches, sur un point au moins il les distingue. Aux tares communes de la nature humaine, les pauvres ajoutent un handicap supplémentaire, qu'ils peuvent, s'ils en ont la volonté, transformer en avantage.

« Ils rajeunissent c'est vrai plutôt du dedans à mesure qu'ils avancent les pauvres, et vers leur fin, pourvu qu'ils aient essayé de perdre en route tout le mensonge et la peur et l'ignoble envie d'obéir qu'on leur a donnée en naissant, ils sont en somme moins dégoûtants qu'au début. [...] Leur tâche à eux, la seule, c'est de se vider de leur obéissance, de la vomir. S'ils y sont parvenus avant de crever tout à fait, alors ils peuvent se vanter de n'avoir pas vécu pour rien » (V, p. 477-478).

Il y a dans des lignes comme celles-ci une profondeur et un accent qui demeurent, quelles que soient par ailleurs les limites ou les contradictions de la pensée. Ce refus radical de toute obéissance, de tout respect, de toute admiration inculqués – exprimé sur quel ton ! venu de quelle profondeur ! – sépare Céline d'une pensée de droite, malgré les points de coïncidence qu'il a d'autre part avec elle, tout autant que sa vision pessimiste de la nature humaine le sépare d'une pensée de gauche. Refus et vision sont chez lui également forts, et leur coexistence empêche que joue dans son cas le principe de contradiction qui veut que qui n'est pas d'un côté soit de l'autre. Entre la résignation qu'implique l'absence de tout espoir d'une amélioration de l'homme, et la révolte malgré tout, Céline ne peut que rester ballotté.

Cette oscillation trouve une illustration spectaculaire dans le passage d'une version de la séquence initiale antérieure à la version que nous lisons dans le roman. La version antérieure était déjà, à peu de détails près, le même dialogue entre un interlocuteur timoré et conformiste nommé Arthur, et un anarchiste nommé Bardamu. Mais celui des deux qui disait *je* en tant que narrateur était Arthur, non Bardamu. C'est en particulier cet Arthur disant *je* qui soutenait d'abord contre l'autre l'existence de la race, alors que le *je* du texte final la contestera (il ne s'agit, il est vrai, que de « race française »). Au moyen d'un renversement d'identification et d'une redistribution partielle des répliques, Céline, dans la version définitive, attache le *je* à un Bardamu qui dans ses premiers mots se défend et rejette toute responsabilité, puis se lance sans transition à l'attaque de toutes les impostures, en anarchiste « documenté ». Ce partage entre soumission et insoumission est aussi bien, on y reviendra, le fait de la langue populaire. Quand il réalise cette transformation, Céline obéit sans doute autant à des contradictions idéologiques qu'à son génie linguistique. Par elle il passe en tout cas de personnages unidimensionnels et d'un dialogue sans surprise à un personnage ambivalent, à un dialogue brouillé et à une langue double. Il en résulte une

1. Il n'a malheureusement pas été possible de reproduire les quatre pages de cette version, faute de l'autorisation de l'éditeur Balbec. Sur ce texte, voir H. Godard, « Une version antérieure de la première séquence de *Voyage au bout de la nuit* »,

dans *Les Manuscrits de Céline et leurs leçons*, Du Lérot éd., 1988, p. 35-48.

dynamique qui soutiendra tout le roman, et dont l'étonnant engagement de Bardamu à la fin de la séquence n'est que la première manifestation [1].

3. LE REFUS DE L'ILLUSION RÉALISTE

De l'aveu même de Céline, le succès obtenu en 1929 par Eugène Dabit avec *Hôtel du Nord* n'était pas étranger à l'impulsion qui l'avait décidé à écrire *Voyage au bout de la nuit*. Au roman de Dabit, il faut sans nul doute adjoindre le mouvement de littérature populiste dont il était devenu l'illustration, et les réflexions contemporaines sur la notion de littérature prolétarienne. Étant donné le type de personnages, de lieux et d'expériences auxquelles Céline voulait confronter Bardamu, il ne pouvait qu'être encouragé par l'actualité à tirer parti de cette orientation du goût littéraire.

En réalité, le rapprochement n'allait pas sans contradiction avec ses dispositions les plus profondes. En effet, ces mouvements étaient des prolongements de l'esthétique naturaliste. Ils voulaient reprendre sur des bases nouvelles le projet romanesque de Zola. Ils cherchaient à donner au lecteur l'illusion la plus parfaite de la vie par la fidélité de la peinture à l'expérience la plus largement partagée. Or Céline était plus du côté de Shakespeare que de Zola. Il pensait sans nul doute dès cette époque ce qu'il dira plus tard : « en fait de naturalisme je trouve tout dans *La Tempête* – tout ce qu'il me faut [1] ». Il entendait utiliser les possibilités de la littérature à faire vivre en imagination au lecteur des scènes qui dépassent l'expérience commune bien plutôt qu'à lui faire revivre celle-ci par le moyen d'une duplication verbale. Il ne commence pas à écrire pour revenir en plein XXe siècle à un projet conçu à la fin du XIXe, mais pour tenter de doter la littérature française de quelque chose dont elle lui paraît trop peu pourvue : le fantastique qui peut naître même des évocations dont la teneur historique et sociale est la plus forte.

La place faite dans *Voyage* aux petites gens et à la banlieue, jointe au choix de langue, devaient suffire à eux seuls – la réception critique de 1932 en témoigne abondamment – à faire bénéficier le roman de l'intérêt porté alors aux mouvements populiste et prolétarien. Il restait à Céline à faire en sorte de se démarquer de l'esthétique narrative qui en semblait inséparable. Il y travaille de deux manières : négativement par la désinvolture qu'il affiche pour la cohérence du cadre spatio-temporel et pour la vraisemblance en général ; positivement, par les éléments de fantastique plus ou moins prononcé qu'il dissémine de loin en loin dans le récit. Les « évidences » d'ordre thématique qui tirent le roman dans le sens populiste sont malgré tout si fortes que, depuis l'époque de la publication et jusqu'à nos jours, ces éléments fantastiques ont difficilement été reconnus comme tels, en tout cas acceptés comme parties intégrantes du roman. On y a souvent vu des corps étrangers, des fantaisies gratuites que le romancier s'était

[1] Lettre du 12 juin 1947 à Milton Hindus, dans Milton Hindus, *L.F. Céline tel que je l'ai vu*, Éd. de l'Herne, 1969, p. 145.

permises et que le lecteur lui passait avec plus ou moins de bienveillance, mais sans s'y attacher. La suite de l'œuvre montre pourtant qu'ils représentent ici une orientation essentielle de la création célinienne.

La narration de *Voyage* est pleine de trous semblables, par exemple, à celui qui escamote l'événement grâce auquel Bardamu réussit enfin à échapper au front. On l'a vu, pendant des pages, seul puis avec Robinson, rêver en vain à tous les moyens de salut possibles. Soudain, au début de la cinquième séquence, la chose est faite, Bardamu est de nouveau dans le monde des civils, et on n'apprendra qu'incidemment, un peu plus loin (*V*, p. 68), qu'il le doit à une blessure. Plus d'une fois, ainsi, des annonces narratives tournent court, ce qui a pour effet de dérouter l'attente du lecteur sans qu'il en prenne toujours conscience. Le récit est bien constitué d'une série de situations critiques dans lesquelles se trouve Bardamu, et des efforts qu'il fait pour s'en sortir, mais ni la mise en place des facteurs de danger, ni le salut final n'obéissent jamais à un pur enchaînement de causes et d'effets. Le mécanisme on ne peut plus traditionnel d'une succession de crises surmontées une à une par le héros se trouve au fur et à mesure faussé et vidé de sa substance par la multiplication de ces ellipses et de ces faux départs.

Céline ne se contente pas toujours de procéder ainsi par omission. Il lui arrive de donner au fil des pages des informations contradictoires qui, même si elles portent sur des détails, minent la crédibilité primaire du récit. Aux pages 215 et 216, l'inconnu trouvé par Bardamu à Bikomimbo lui a donné, à défaut d'un inventaire et d'un stock de marchandises, un reliquat de caisse de trois cents francs. Au matin suivant, ayant dans l'intervalle identifié Robinson qui a fui, Bardamu déclare que ce qu'il regrette le plus dans cette disparition, c'est la caisse (V, p. 221), donnant ainsi à conclure au lecteur que Robinson s'est réemparé de l'argent. Mais, quelques pages plus loin, on apprend que Bardamu possède toujours les trois cents francs (V, p. 227). On ne saurait marquer plus nettement son indifférence pour un certain type de cohérence de détail qui fonde d'ordinaire l'illusion d'une histoire « vraie » et de personnages « vivants ». Il suffit aussi bien d'essayer de reconstituer la chronologie de l'histoire pour mesurer combien le cadre spatio-temporel sous-jacent manque lui aussi de précision et de cohérence. Quant aux données de topographie parisienne, elles font l'objet de brouillages ponctuels destinés sans doute d'abord à permettre à l'écrivain de dénier les identifications qu'il favorise par ailleurs, mais qui ont aussi pour résultat d'interdire au lecteur familier des lieux toute illusion réaliste. C'est ainsi qu'après avoir tout fait pour suggérer que La Garenne-Rancy ne fait qu'un avec Clichy-la-Garenne, banlieue située au nord-ouest de Paris, Céline précise qu'on y accède par la Porte Brancion, qui est au sud (V, p. 303), et qu'après avoir fait semblant d'écarter l'identification de l'Institut Bioduret avec l'Institut Pasteur en le situant « derrière La Villette » (V, p. 354), Céline montre Parapine et Bardamu qui en sortent par la rue de Vaugirard (*V*, p. 363), dans le quinzième arrondissement, en conformité avec la localisation réelle de l'Institut Pasteur.

Ces multiples coups d'épingle portés dans le détail de la texture romanesque, en détachant le lecteur de son exigence habituelle de cohérence, favorisent l'insertion dans le récit d'éléments qui, à une autre échelle, tendent, eux, vers le fantastique. Chacune des deux moitiés du roman contient un épisode de ce genre, et de l'un à l'autre le personnage de Robinson reste porteur d'interrogations de la même nature. L'épisode de la galère qui transporte Bardamu vendu comme esclave d'Afrique en Amérique peut certes être pris pour une hallucination du personnage. La mention dans le texte de sa fièvre et même de sa « berlue » (*V*, p. 325) vont dans le sens de cette interprétation. Mais d'ordinaire, quand un narrateur a d'abord présenté comme réelle une expérience hallucinatoire ou onirique du personnage, pour mieux la faire partager au lecteur, reconnaissant le fait après coup, il rétablit l'ordre normal des choses. Ici, nulle rectification ne vient reléguer l'*Infanta Combitta*, son capitaine au chapeau à plume et ses galériens, au rang de pures visions. Ce silence projette rétrospectivement sur l'épisode un peu de cette incertitude qui est le fondement du fantastique.

On s'éloigne encore un peu plus d'une causalité réductrice avec l'épisode du passage des morts dans le ciel de Paris tel que Bardamu le voit avec Tania du haut de la place du Tertre. Ici il n'y a plus en lui ni fièvre ni délire. Tout au plus se

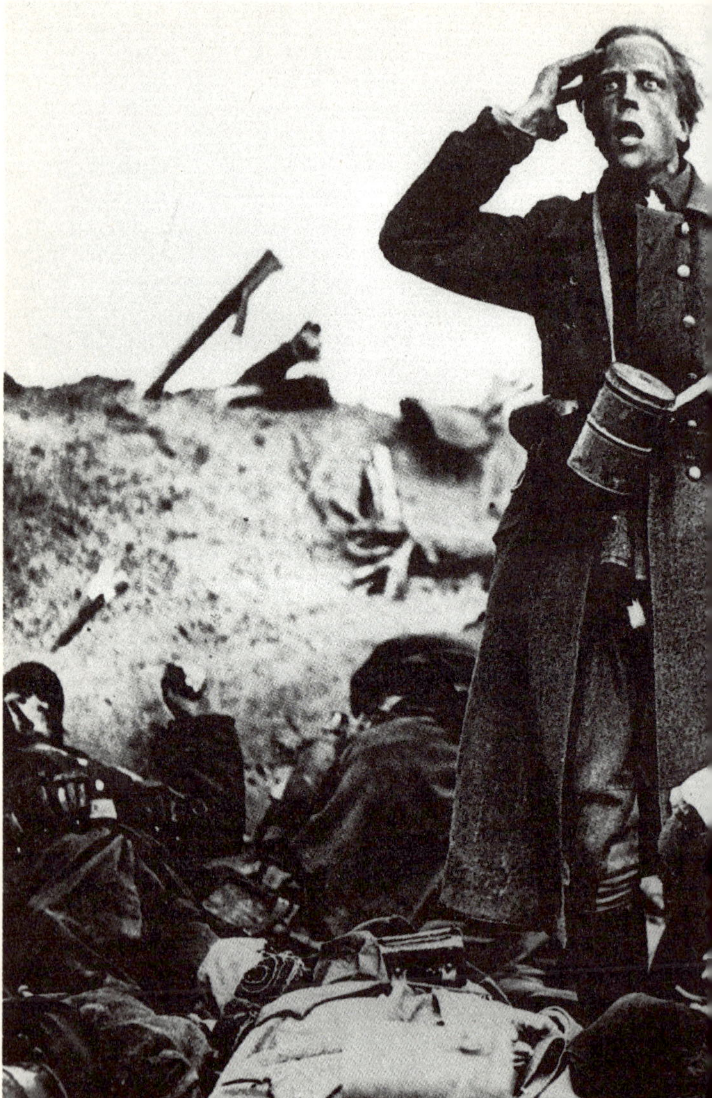

Scène extraite du film *Westfront,* 1918, de G.W. Pabst. Ph. © Cinémathèque française.

ressent-il du choc qu'a provoqué en Tania la nouvelle de la mort de son amant, encore que lui-même en parle avec détachement. En revanche, rien de plus profondément célinien que cette vision du rassemblement des fantômes de tous ceux dont le destin a croisé le sien. On les retrouvera en 1936 dans le prologue de *Mort à crédit*, avec ce navire qui emporte lui aussi dans le ciel nocturne au-dessus de Paris des morts que Ferdinand reconnaît un par un [1]. Ces fantômes sont la figuration concrète d'une fidélité au souvenir de tous les passants d'une vie. La répétition des mots *fantômes* et *revenants* (*V*, p. 463-464) est le signe de l'enracinement de cet autre épisode situé en marge du réel dans le domaine le plus profond et le plus permanent du fantastique célinien.

Le personnage de Robinson, lorsque Bardamu le rencontre à Noirceur-sur-la-Lys, est d'abord parfaitement contenu dans les limites de la vraisemblance et du ton général de la narration. Il s'en échappe ensuite au fil de réapparitions périodiques dépourvues de toute justification causale objective : une coïncidence pourrait encore faire qu'il se trouve chez les parents du soldat mort que connaît Voireuse (*V*, p. 142), mais le récit de la troisième rencontre, celle de Bikomimbo, s'affranchit de tout souci de vraisemblance. Non seulement Bardamu parle longuement (*V*, p. 211-218) avec l'inconnu avant toute reconnaissance, mais, même une fois qu'il a cru entendre que l'inconnu se nommait Robinson, il ne l'identifie pas. Ce n'est qu'ensuite, y repensant dans l'obscurité tandis qu'il cherche en vain à s'endormir,

[1]. *Mort à crédit*, p. 45.

qu'il « saisit » (*V*, p. 220) son souvenir. Dès lors, Robinson devient une obsession de Bardamu. Sur l'*Infanta Combitta* puis à New York et à Detroit, il l'appelle et le cherche tant et si bien que Robinson finit par réapparaître devant lui, mais un Robinson qui n'a plus sur lui comme précédemment l'avantage de l'âge et de la débrouillardise. S'il a maintenant un avantage, c'est au contraire celui de la misère. Plus Bardamu pénètre dans un monde de relative sécurité, avec Molly d'abord puis en tant que médecin, plus Robinson s'enfonce dans le malheur de vivre. Désormais, à chaque étape, et pour finir, de manière décisive, dans la scène finale du taxi, il sera celui qui ose aller plus loin.

Chemin faisant, Robinson ne laisse pas d'être doté de toutes les indications concrètes qui définissent ordinairement un personnage, et encore moins de jouer un rôle dans l'action. A Rancy, avec la toux incurable causée chez lui par la manipulation des acides et ses maux d'estomac, il est l'incarnation d'une condition d'ouvrier atteint par le travail jusque dans son corps. Par sa participation à la première tentative de meurtre de la vieille Henrouille, par la réalisation de ce meurtre dans le caveau de Toulouse, par son retour auprès de Bardamu à Vigny, et enfin par son attitude et ses paroles dans le taxi, il est le personnage principal sur le plan aussi bien de l'intrigue que de l'histoire profonde. Mais la récurrence de ses apparitions devant Bardamu et les circonstances dans lesquelles elles se sont chaque fois produites en ont assez fait pour que cet actant soit en même temps une figure fantomatique. Il n'est pas seulement l'obsession de Bardamu ; il lui correspond de tant de manières, il prend si bien son relais à partir d'un certain point, continuant à être traqué lorsque Bardamu cesse de l'être, puis refusant la sécurité avec Madelon comme Bardamu l'a refusée avec Molly – mais osant, lui, aller jusqu'au bout –, qu'il ne peut pas ne pas apparaître comme son double. Il suffit d'ailleurs de comparer les formules et les réflexions qui sont prêtées à l'un et à l'autre pour s'aviser qu'elles leur conviennent également à tous deux et pourraient parfaitement passer de l'un à l'autre, mis à part quelques moments d'opposition superficielle.

Plus le roman avance, plus Robinson s'installe ainsi dans un entre-deux entre l'univers concret dans lequel l'histoire peut sembler ancrée, et le doute constamment maintenu par le récit sur sa réalité de personnage. Porteur des interrogations et des actes qui dominent toute la deuxième moitié, il achève de mettre le roman à distance de tout réalisme. Il tend à le faire passer du côté de genres narratifs très différents, tels les contes de double (on pense aussi à la structure traditionnelle du Nô japonais, dans laquelle, des deux personnages de premier plan, celui qui agit, le *shite*, est le plus souvent une vision de l'autre, le *waki* : c'est très exactement le rapport qu'établit entre l'auteur et les deux personnages cette phrase d'une des toutes premières interviews : « Céline fait délirer Bardamu qui dit ce qu'il sait du personnage de Robinson », *CC 1*, p. 31). Il fallait que les lecteurs de 1932 soient bien sous l'emprise de la narration dominante, et en particulier de la vogue du populisme, pour rester à ce point insensibles à cette autre dimension de *Voyage*.

4. LA PRÉSENCE D'UNE CULTURE

L'éclatant recours à une langue orale et populaire peut aisément donner l'impression que *Voyage au bout de la nuit* est un livre écrit en dehors de toute culture. L'affectivité qui caractérise cette langue, et l'exploitation qu'en fait Céline, ont souvent conduit à décrire ce roman en termes de cri (de désespoir, de révolte, de haine, etc.) poussé par un individu qui se délivrerait par lui d'une intolérable charge émotive, sans aucunement penser à la littérature existante, ou plutôt sans la connaître.

En réalité, Céline est comme tout écrivain. Il écrit son premier roman en fonction d'œuvres qu'il connaît, pour atteindre le niveau de celles qu'il admire et rivaliser avec elles, et pour mieux faire paraître les insuffisances de celles qu'il n'aime pas – et qui pourtant ont du succès. De la littérature du passé et de la production contemporaine, il connaît assez pour trouver dans les deux ses modèles et ses contre-modèles. Il n'a pas fait d'études secondaires, mais il a eu le temps de lire pour son compte les œuvres classiques qui pouvaient lui apporter quelque chose dans un sens ou dans l'autre. Quant aux contemporains, il a pratiqué avant de la

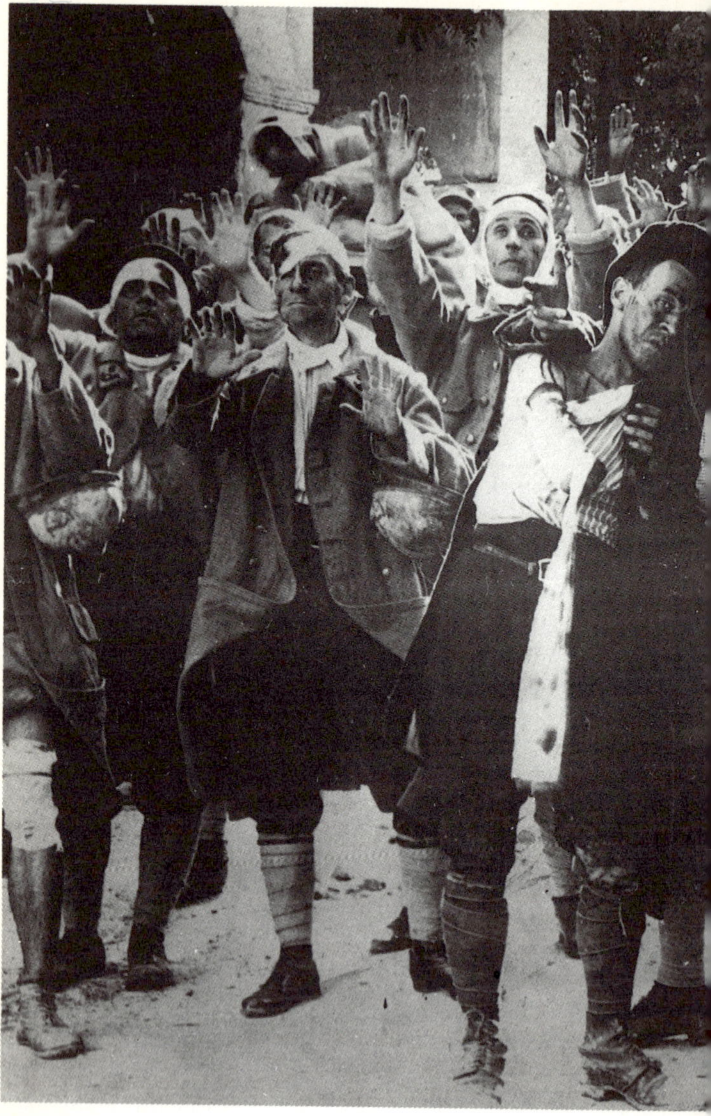

Scène extraite du film *J'accuse*, 1919, d'Abel Gance. Au premier plan : Blaise Cendrars le bras coupé. Ph. © Cinémathèque française.

conseiller à autrui cette démarche formulée en des termes qui sont comme la version célinienne de l'apprentissage de tout écrivain : « Il faut se dégoûter soigneusement des autres avant d'être bien fixé soi-même sur ce qu'on peut faire » (*CC* 6, p. 174).

Avec un tel état d'esprit, on peut s'attendre à trouver dans le *Voyage*, contrairement à ce qui se passe d'ordinaire dans de premières œuvres, plus de traces d'opposition que d'imitation. Par son choix de langue tout d'abord, Céline s'oppose globalement à toute la littérature française antérieure, y compris à des œuvres que lui-même peut admirer. Sa nouveauté sera d'autant plus sensible qu'il s'arrangera pour rappeler au lecteur ici et là dans le texte l'existence de classiques susceptibles de marquer l'écart. Il dispose pour cela de moyens plus ou moins directs, qui vont de la citation parodique à la mention d'un nom d'auteur ou à la reprise implicite de détails présents dans ces œuvres antérieures, et qui les rappelleront aux lecteurs qui les connaissent.

La traduction parodique en style célinien d'une lettre de Montaigne est l'illustration la plus ouverte et la plus typique de cette attitude face à la littérature classique (*V*, p. 367-368 et Dossier, p. 166). Ayant, au terme de cette pseudocitation, repris la signature de l'original, orthographe compris, « Vostre bon mari Michel », il s'est donné le moyen de souligner encore ce qui sépare Bardamu et Montaigne, sur le plan linguistique et sur d'autres : « Sa femme devait être fière d'avoir un bon mari qui s'en fasse pas comme son Michel ». Ce n'est naturellement pas un hasard si le sujet de la lettre est la mort d'un enfant. A la page précédente, lorsque Céline avait écrit : « La nuit est sortie de dessous les arches » (*V*, p. 366), il ne fait guère de doute qu'il entendait rappeler les vers de Baudelaire dans *Recueillement* : « Surgir du fond des eaux le Regret souriant, / Le Soleil moribond s'endormir sous une arche. » Comment ne serait-il pas sensible à la thématique baudelairienne de la nuit qui tombe sur la ville, lui à qui la nuit fournit le thème-symbole de tout son roman ? Mais, sur d'autres sujets, il retrouve toute liberté de marquer sa distance par rapport à cette œuvre qui porte le français écrit traditionnel à son plus haut degré de poésie. Il est probable que, dans ce « gros divan plein de parfums » où l'on installe Robinson dans l'épisode de la péniche (*V*, p. 508), on peut entendre un écho, qui n'est plus que de dérision, des deux premiers vers de *La Mort des amants*.

Ailleurs, le nom de l'auteur suffit à lui seul à rappeler une œuvre et un style. Lorsque Céline fait dire à Bardamu que « De nos jours, faire le "La Bruyère" c'est pas commode » (*V*, p. 499), la référence est double. Elle vise d'abord une psychologie que la psychanalyse a frappée de désuétude, mais aussi une manière d'écrire caractérisée par sa netteté et sa concision. Céline, il le dira plus tard, est sensible à ces qualités. Mais il est conscient qu'elles sont inséparables du cadre de la phrase écrite que lui-même, dès ce premier roman, tend en profondeur à briser, même s'il l'utilise encore sous forme de maxime.

Il n'est pas impossible que le souvenir d'autres classiques encore soit présent dans le *Voyage*. On a fait valoir, par exemple [1], qu'il avait en commun avec *Candide* le point de départ d'un engagement involontaire, et une histoire scandée par le passage d'un continent à l'autre. Quelque conclusion qu'il faille en tirer, le rapprochement est en lui-même intéressant. Le *Voyage* a beau être un livre de rupture, il n'échappe pas à la loi qui lie toute œuvre nouvelle à certaines de celles qui l'ont précédée, et encore moins à cette autre loi qui fait que nous, lecteurs, ne pouvons la considérer que dans son rapport à la totalité virtuelle de ces œuvres.

Les prédécesseurs immédiats et les contemporains interviennent plus encore dans ce jeu d'inspiration et de réaction. Celui qui joue le plus grand rôle de ce point de vue, à l'époque où Céline conçoit son roman, est Proust. Le dernier des volumes posthumes de la *Recherche du temps perdu* a été publié en 1927, et Proust est alors le modèle par rapport auquel chacun se détermine. Quoi que Céline puisse avoir en commun avec lui, pour nous qui considérons désormais son œuvre dans son ensemble, dans ce premier roman il veut être un anti-Proust, et il n'hésite pas à le signifier en prêtant à Bardamu six pleines lignes de critique : « Proust, mi-revenant lui-même, s'est perdu avec une extraordinaire ténacité dans l'infinie, la diluante futilité des rites et des démarches qui s'entortillent autour des gens du monde, gens du vide, fantômes de désirs, partouzards indécis attendant leur Watteau toujours, chercheurs sans entrain

[1] M.C. Bellosta, *Céline ou l'art de la contradiction*.

d'improbables Cythères » (*V*, p. 99). A ce Proust prisonnier du rang social de ses personnages et d'un attachement vain à une inépuisable psychologie de l'amour, Céline dans le texte oppose Mme Hérote, « populaire et substantielle d'origine ». Mais celui qui s'oppose, ce n'est pas le personnage, c'est le romancier qui le choisit, lui et tous les autres aussi « peuple » que lui, et qui, refusant toute analyse psychologique, choisit de s'intéresser à leurs « rudes appétits, bêtes et précis », et à la manière dont ils arrivent à les satisfaire.

Parmi les contemporains de moindre importance, quand les journalistes le pressent de dire avec qui il se sent en affinité, Céline cite trois noms : Barbusse, Dabit et Morand. Barbusse a fait dans *Le Feu* une critique forte de l'institution militaire et de la guerre. Dabit, dans *Hôtel du Nord*, vient de remporter un grand succès en évoquant les quartiers pauvres et les vies écrasées. Morand, l'écrivain du voyage, a parlé de New York et de l'Afrique. Mais surtout, ils ont tous les trois tenté de renouveler l'écriture du français, les deux premiers en y faisant place, dans les dialogues tout au moins, à la langue populaire, le troisième en se forgeant un style personnel, fait de rapidité, d'images, et de la prise en compte du monde quotidien. Et pourtant, quand Céline reprend des faits ou décrit des réalités qui figuraient déjà dans leurs œuvres, les images qu'il en donne ont toujours plus de force. La différence est d'autant plus sensible lorsque la comparaison est avec d'autres écrivains de style traditionnel :

Maurice Genevoix, Roland Dorgelès, Georges Duhamel pour la guerre ; Gide pour la colonisation en Afrique ; Duhamel encore pour certains spectacles des États-Unis [1]. Chaque fois, un lecteur également sensible à tous les effets de ce français écrit et à ceux qu'y ajoute ou y substitue Céline ne peut manquer de mesurer à quel point ces derniers rendent mieux justice à leur sujet. Qu'il s'agisse des horreurs de la guerre, des iniquités tranquilles du système colonial, de la désespérance quotidienne de la vie en banlieue, des nouveautés ou des étrangetés des villes américaines, tout se passe comme si elles ne pouvaient être vraiment dites que dans une langue qui reste en contact avec celle des victimes, et qui rende elle aussi un son nouveau.

Si l'on ajoute à ces auteurs et à quelques autres, qui servent pour ainsi dire de tremplin à Céline, ceux qui, de son propre aveu, sont ses modèles ou du moins ses références, Rabelais, Shakespeare, Dostoïevski (il y associe très tôt Vallès, pour la recherche d'un certain fantastique), on s'avise que le fond culturel sur lequel se détache le *Voyage* est aussi important sinon plus que pour n'importe quelle première œuvre. Le contraste est si fort entre cette présence et le refus impliqué par le ton général du livre, que l'on peut être tenté de la surestimer : et si cette œuvre apparemment si anticulturelle était en réalité une œuvre de culture, tout entière écrite à partir de celles qui l'ont précédée, et ne pouvant être pleinement comprise que par les lecteurs qui les connaissent ? Mais ce serait là exagérer par réaction le rôle de ces parodies, de ces

---

[1]. Pour une récapitulation de ces points de rencontre, voir la section « Les données de la culture » dans *R I*, p. 1217-1251, ainsi que les ouvrages de J.P. Dauphin et M.C. Bellosta.

mentions, de ces allusions ou échos possibles. Les lecteurs qui sont en mesure de les repérer ne les perçoivent jamais qu'au passage, emportés toujours par le mouvement de l'imaginaire et par celui du style. Pour les autres, ces monuments se suffisent à eux-mêmes. Quand il écrit *Voyage au bout de la nuit*, Céline n'est évidemment pas aussi étranger à la littérature que Bardamu prétend l'être (non sans citer quelques noms qui démentent cette prétention). Mais ce filigrane culturel, s'il frappe davantage par le contraste qu'il fait avec le ton du livre et par son orientation surtout polémique, n'est, ici comme ailleurs, que la trace laissée par les œuvres qui ont fait prendre conscience à un écrivain dans ses débuts de ce qu'il pouvait apporter de neuf à la littérature et des moyens dont il disposait pour cela.

5. UN IMAGINAIRE GOUVERNÉ PAR LA MORT

Chacun de nous est destiné un jour à cesser d'être, son corps à devenir rigide puis à se décomposer, sa conscience, sa pensée, sa mémoire, à s'abolir. Il y a dans cette certitude en fonction de laquelle nous devrions vivre, philosophes et hommes de religion nous l'enseignent depuis toujours, un scandale tel, en Occident en tout cas, que tous ou presque nous la nions. Des mécanismes protecteurs, psychiques et culturels, s'emploient en nous à la refouler. Elle est à vrai dire le premier et sans doute le plus décisif de tous les refoulés. Elle est pour nous à ce point l'impensable que même lorsque, perdant un être cher, nous faisons l'expérience de la mort comme séparation, elle ne redevient qu'à peine, pour peu de temps, notre avenir à nous.

Mais chez quelques-uns, pour quelques raisons que ce soit, ces mécanismes protecteurs ne jouent pas, et ils se trouvent à tout moment confrontés à l'impensable de la mort. « Il y a des gens, écrit Paul Nizan, qui pensent à elle plus souvent que les autres : ils naissent ainsi [1]. » Céline, qui est plus que personne de cette race, la définit en des termes voisins mais qui ont un effet d'orchestration : « La plupart des gens ne meurent qu'au dernier moment ; d'autres commencent et s'y prennent vingt ans à l'avance et parfois davantage. Ce sont les malheureux de la terre » (*V*, p. 53).

Mourir à l'avance, c'est être à tout moment arraché au présent et empêché d'en jouir par l'imagination de sa propre mort. La certitude de l'aboutissement inéluctable, jointe à l'indétermination des modalités, alimente sans fin l'imagination de Céline. Une chose est sûre : « Il nous faudra mourir, plus copieusement qu'un chien, et on mettra mille minutes à crever et chaque minute sera neuve quand même et bordée d'assez d'angoisse pour vous faire oublier mille fois tout ce qu'on aurait pu avoir de plaisir à faire l'amour pendant mille ans auparavant... » (*V*, p. 478).

L'intensité de la vision est ici sensible de toutes les manières : dans les trouvailles de mots (« mourir copieusement », ou ces minutes « bordées d'angoisse »), mais aussi dans les reprises successives de la phrase,

[1]. P. Nizan, *Le Cheval de Troie*, Gallimard, p. 205.

Journal *La Baïonnette,* numéro spécial : « Les pacifistes. » Dessin de Sem. Août 1916.
Ph. © Kharbine-Tapabor, © S.P.A.D.E.M., 1991.
« ... eux, à l'arrière, ils devenaient, à mesure que la guerre avançait, de plus en plus vicieux. »

qui, passant de l'énoncé d'un grand nombre à la considération des unités qui le composent, et y retrouvant ce même grand nombre multiplié par lui-même, emportent l'imagination dans un mouvement d'agrandissement illimité. Le rapprochement dût-il étonner ou choquer, on songe au fragment de Pascal sur les deux infinis : la mort n'est pas pour Céline moins insondable que l'infiniment grand et l'infiniment petit pour Pascal.

Dans la constitution de cette hantise, la guerre dut jouer un rôle capital. Le terrain sans doute était préparé. Mais, aux images de mort que pouvait avoir un garçon de vingt ans et aux constructions mentales qui avaient pu s'élaborer autour d'elles, la guerre superposait la menace à tout instant, pour soi, d'une mort immédiate, brutale et sanglante, et la vision quotidienne de corps semblables au sien dans lesquels cette mort était chose faite ou en train de se faire. Dans l'ensemble des séquences de guerre au début du roman, les passages consacrés au cavalier décapité et ensuite à la boucherie du régiment ne sont pas sur le même plan que le reste. On est bien au-delà de la dénonciation et de la satire lorsque Bardamu se trouve en présence de cette « ouverture au-dessous du cou, avec du sang dedans qui mijotait en glouglous comme de la confiture dans la marmite » (V, p. 29). Ces visions de guerre resteront à jamais le paradigme de toutes les représentations de la mort que l'imaginaire de Céline tentera inlassablement de se former. C'est par là d'abord que la guerre est pour Céline cette expérience matricielle dont il est sorti définitivement marqué.

Par la suite, le savoir médical enrichira de son côté cette imagination concrète de la mort. Ses études ne le mettent pas seulement en position de soulager la souffrance, elles le rapprochent aussi de la mort. Ce sont elles qui, en présence d'un inconnu, aimantent l'attention de Bardamu sur des artères aux tempes qui « dessinent des méandres » (V, p. 39) ou sur les « yeux saillants, injectés », de quelqu'un que son foie « travaille » (V, p. 152). Mais il leur doit surtout d'imaginer la série inépuisable de ces agents de mort invisibles, tapis au plus profond du corps, déjà peut-être à l'œuvre en nous-même sans que nous en sachions encore rien : ce tréponème qui « à l'heure qu'il est limaille déjà les artères » (V, p. 152), ce « cancer qui nous monte déjà peut-être, méticuleux et saignotant, du rectum » (V, p. 481), ou « la cellule au fond du rein [...] qui veut travailler bien pendant 49 heures, pas davantage, et puis qui laissera passer sa première albumine du retour à Dieu » (« Qu'on s'explique... », Dossier, p. 198).

Le monde pour Céline se partage entre ceux dont l'esprit est périodiquement envahi par des images de ce genre, et ceux, plus nombreux, qui n'y pensent jamais. Parmi ceux-ci, il peut par exception y en avoir qui se refusent à cette pensée de parti pris, comme pour mieux résister à la mort : ainsi la grand-mère Henrouille, modèle de plus d'une manière pour Céline, qui ne se contracte que contre le dehors, « comme si le froid, tout l'horrible et la mort ne devaient lui venir que de là, pas du dedans » (V, p. 324). Mais la grande majorité des autres, et en particulier le colonel qui s'expose si inutilement sur une route, manquent seulement d'imagination. Même à ceux-là pourtant, la mort peut finir par s'imposer à l'avance. Pour Henrouille par exemple, elle prend la forme de troubles de tension et du cœur, et il se relève « bien immobile, près de son lit, dans la nuit, longtemps, pour sentir son corps s'ébranler à petits coups mous, chaque fois que son cœur battait. C'était sa mort, qu'il se disait, tout ça... » (V, p. 319).

Des anticipations si nombreuses devaient aboutir et aboutissent à des scènes d'agonies véritables. Dans la seconde moitié de *Voyage au bout de la nuit*, Bardamu a beau passer sous silence les derniers moments de ses malades les plus chers, comme la jeune avortée ou le petit Bébert, le récit reste ponctué d'autres agonies – celle du vieux cancéreux (V, p. 381), celle d'Henrouille (V, p. 471-472) –, et il se termine, avant la séquence épilogue, sur la longue et précise description de l'agonie de Robinson. Le plus important, dans cette mort, est la manière dont Robinson l'a provoquée dans la scène du taxi. Les coups de feu une fois tirés et l'issue ne faisant pas de doute, Bardamu s'attarde pourtant encore longuement à cette paroi du ventre déjà tendue et sonnant mat par endroits à l'auscultation, mais qui laisse encore ouverte la question de savoir si Robinson mourra d'hémorragie interne, ou s'il devra supporter la souffrance plus longue d'une péritonite : c'est finalement l'hémorragie qui l'emporte, alors le cœur s'affole, la pâleur monte du cou vers le visage, et l'étouffement survient.

L'imaginaire de Céline ne se fait grâce et ne nous fait grâce d'aucun de ces détails que la plupart des hommes, quand ils en ont été les témoins, recouvrent d'oubli pour continuer à vivre. Pour lui au contraire, ils ne cessent de s'interposer comme par transparence entre le monde qu'il regarde et lui. S'il abandonne au personnage de Parapine la remarque devenue banale sur la « somptueuse odeur de mort que l'on respire à Venise » (*V*, p. 363), il est au cœur de sa sensibilité la plus personnelle lorsqu'il entend, « au fond de toutes les musiques, l'air sans note, fait pour nous, l'air de la Mort » (*V*, p. 377), et plus encore lorsqu'il parle de cette haleine des petites gens que l'on évite, « à cause que le dedans des pauvres sent déjà la mort » (*V*, p. 286). En quelques mots, tout est dit ici des processus multiples, pas tous physiologiques, par lesquels le pauvre est plus – c'est-à-dire plus tôt – soumis à la mort que le riche.

Cet imaginaire de la mort est inévitablement aussi un imaginaire, avant elle, du temps qui y achemine, et, après, de ce qui la suit. Les momies si bien conservées du caveau de Toulouse ne sont ici qu'à titre de contre-exemple. Elles sont d'ailleurs parfaitement anonymes. Malgré leur semblant de figures humaines, elles ne retiennent rien de l'individu qu'elles ont été. Pour qui les regarde aujourd'hui, il n'y a pas en elles un atome d'existence de plus que dans ces morts de toutes les guerres que Bardamu oppose aux exhortations de Lola : « Vous souvenez-vous d'un seul nom par exemple, Lola, d'un de ces soldats tués pendant la guerre de Cent Ans ? »

(*V*, p. 88). Ce sont eux qui illustrent la loi universelle par laquelle la disparition du corps – et, par extension, de la réalité matérielle de ce qui était l'œuvre des hommes – se trouve prolongée, aggravée, et si l'on peut dire achevée par la disparition même du nom. Lorsque, dans sa narration, Bardamu en vient à évoquer son départ de Topo, il se demande ce qui, à ce moment, peut subsister de ce village précaire. Dans un grand mouvement interrogatif, il passe en revue, hommes et choses, tous les éléments qui le constituaient, mais ce n'est que pour mieux se donner la réponse connue d'avance, celle qui ne cesse de le hanter : « Peut-être que rien de tout cela n'est plus, que le Petit Congo a léché Topo d'un grand coup de sa langue boueuse un soir de tornade en passant et que c'est fini, bien fini, que le nom lui-même a disparu des cartes » (*V*, p. 210).

Pour Céline, la perspective de cette disparition du nom ne manque jamais de renchérir sur la mort.

De ces représentations et de ces interrogations obsédantes, Céline, cédant à son penchant pour l'assertion, tire parfois des formules abstraites. L'une d'elles lui plaît assez pour qu'il la reprenne dans plusieurs livres : « La vérité de ce monde c'est la mort » (*V*, p. 256). Pourtant, réduite à elle-même, soit elle est une banalité, soit elle court le risque d'être interprétée comme l'expression d'une complaisance nihiliste, alors que la réaction célinienne à la mort est toute de scandale, de révolte et de combat. Si vérité il y a pour lui, ou plutôt s'il éprouve plus qu'un autre le besoin de redire cette vérité, c'est en fonction de cette imagination si concrète de la mort qui ne la lui laisse jamais longtemps oublier. Elle reste ainsi la grande réalité à laquelle toutes choses se mesurent. La plupart, bien sûr, s'en trouvent réduites au néant. Mais exceptionnellement il arrive, il faut le souligner, que la comparaison soit à effet valorisant : au cœur des pages consacrées à l'agonie de Robinson, Bardamu évoque un « amour de la vie des autres » qui rendrait l'homme « grand comme la mort » (*V*, p. 622).

Celui qui, habité en profondeur par des images de cette sorte, leur donne libre cours pour les besoins de l'œuvre qu'il écrit, n'est pas sans se rendre par là la vie plus difficile à vivre, pour lui et pour ceux qui l'entourent. Elizabeth Craig, la danseuse américaine qui vivait avec Céline dans les années où il écrivait le *Voyage* et à qui le roman est dédié, a décrit la transformation qui s'était opérée en Céline pendant cette période (voir Dossier, p. 157-160, des extraits du témoignage recueilli par Alphonse Juilland). Commentant la décision qu'elle avait prise de se séparer de Céline en 1933 alors qu'elle n'avait pas cessé de l'aimer, Elizabeth Craig déclare : « Je me demande comment j'ai pu vivre avec ce sens de la mort à côté de moi [1]. » On peut trouver résumé dans cette formule le prix que Céline avait payé dans sa vie personnelle pour atteindre dans *Voyage* ce qui fait sa force d'écrivain.

Car ce même sens est ce qui donne à l'œuvre son unité et sa nécessité. Il reste présent même quand la mort n'est pas directement évoquée, sous le pittoresque de la description et sous la dénonciation

1. Ceci dans le second témoignage, recueilli par Jean Monnier, *Elizabeth Craig raconte Céline*, p. 81.

sociale. A partir de la représentation obsédante de sa réalité corporelle, la mort, par l'intermédiaire des figures, colore de proche en proche tout l'univers, jusqu'à devenir le principe ordonnateur de toute la thématique. Elle donne au lecteur, page après page, ce sentiment que l'œuvre répond à un besoin, faute duquel toutes les trouvailles d'écriture, si riches ou si savoureuses soient-elles, ne lui paraîtraient jamais qu'un jeu.

6. LE MONDE SENSIBLE

La simple lecture de *Voyage au bout de la nuit* suffit à rendre sensible à l'unité thématique que donnent au roman les mentions récurrentes de la nuit, de la boue et de toutes les formes imaginables de la dissolution. Ville ou campagne, le monde y est partout également soumis. La ville (en l'occurrence la forme qu'elle prend à Rancy) n'est jamais qu'« un rebut de bâtisses tenues par des gadoues noires au sol » (*V*, p. 304). La campagne est en permanence une association de tous les aspects du monde les plus hostiles, réunis en une seule phrase au moment où Madelon ouvre la portière du taxi après avoir tiré sur Robinson : « Elle a filé dans la nuit du champ en plein par la boue » (*V*, p. 602). A vrai dire, ces mentions sont si nombreuses, si évidemment liées les unes aux autres, et leur ensemble au titre du livre en même temps qu'à la vision non moins « noire » qui s'y exprime, qu'elles peuvent finir par paraître insistantes.

Encore faut-il reconstituer le système sous-jacent qui fonde cette thématique. L'unité qu'elle donne resterait superficielle si elle ne tenait qu'à ces rapports immédiatement donnés. Une thématique ne joue son rôle dans l'effet global de lecture que dans la mesure où elle organise en système un ensemble apparemment confus de préférences et d'aversions sensibles, les ordonnant en couples d'opposés et donnant sens à leur opposition.

Celui des aspects du monde autour duquel ce système se constitue chez Céline est la matière. Elle est dans son imaginaire l'opposé sinon la négation de la vie, et donc du côté de la mort. La première série des catégories négatives de sa thématique s'établit à partir des qualités de la matière : l'absence de forme, l'inertie, la densité, la lourdeur, la rigidité, etc. Elles sont à ce point tout ce qui fait horreur à Céline qu'il les reprend telles quelles au moral : dès qu'il a à se plaindre des hommes, il les dit aussitôt lourds, opaques, etc.

La matière par excellence, en tant qu'élément, c'est la terre. Elle n'est jamais si haïssable que lorsque, mouillée, détrempée, comme il la montre constamment dans le roman, elle prend la forme de la boue, de la gadoue, de la vase, etc. Elle vous happe alors, on s'y enlise, on risque d'y être englouti : « On allait disparaître dans la boue après chaque averse, plus visqueuse, plus épaisse. [...] Ce qui avait l'air hier encore d'une roche n'était plus aujourd'hui que flasque mélasse »

Célébration de l'anniversaire de l'armistice de la Première Guerre mondiale.
Ph. © Martine Franck / Magnum.

(V, p. 225). Par cette association, la pluie devient à son tour une manifestation hostile du monde.

Mais il y a pire que cela : la terre a aussi avec la mort un rapport de contiguïté, puisque c'est en elle que l'on enterre. Elle est « cette chose molle et grenue [...] où on met à pourrir les morts et d'où vient le pain quand même » (V, p. 126). Cette dernière remarque dit à elle seule que, de la terre, le dégoût s'étend à ce qui y pousse et en provient. Les cultures vivrières et surtout maraîchères y sont donc incluses, même quand elles ne sont pas « bouffies » comme les « laitues en délire » de Fort-Gono (V, p. 188) ou celles, « épanouies comme des chênes » de San Tapeta. Toute campagne, et de manière plus générale toute végétation, fût-ce celle d'un jardin public à Paris ou à Toulouse, est finalement frappée du même anathème : « La nature est une chose effrayante et même quand elle est fermement domestiquée, comme au Bois » (V, p. 76).

La nuit, sous ses noms d'*ombre*, d'*obscurité*, de *ténèbres*, est d'un bout à l'autre du roman le lieu de la terreur et de la perdition. Bardamu s'y sent livré sans défense à toutes les agressions, dans les nuits de guerre où il lui faut sur ordre aller au-devant d'un ennemi invisible, ou dans les nuits d'Afrique, assiégé par le cri des bêtes et la menace vague des tam-tams. Plus tard, il se glisse dans celle de Rancy, une fois perdu le dernier espoir d'y survivre, comme Madelon se jette dans la nuit d'une autre banlieue, après leur avoir fait toucher à tous le fond de la détresse en tuant Robinson. On se perd dans la nuit, sous la contrainte d'abord et pour finir à moitié volontairement, on s'y enfonce. Elle est « épaisse » (V, p. 37) comme la boue. Elle est comme une forme visuelle de la matière, et donc de la mort.

A un certain degré d'intensité, au-delà de ce que peut supporter l'oreille humaine, le bruit en est la forme sonore. Elle-même peut se confondre avec sa forme visuelle : quand les villageois de Bikomimbo se mettent à leur tam-tam, ce sont, dit Robinson, « des morceaux de nuit tournés hystériques » (V, p. 214). Mais, dans ce domaine, le bruit primitif est dépassé par deux bruits éminemment contemporains, celui de la canonnade et celui d'une chaîne de montage dans une usine d'automobiles. L'un et l'autre, également inhumains, n'amputent pas seulement l'homme d'un de ses sens, ils s'emparent de lui totalement. Bardamu fait une première expérience au front d'« un de ces bruits comme on ne croirait jamais qu'il en existe. On en a eu tellement plein les yeux, les oreilles, le nez, la bouche, tout de suite, du bruit, que je croyais bien que c'était fini, que j'étais devenu du feu et du bruit moi-même » (V, p. 28). A Detroit, « ce bruit de rage énorme [...] vous prenait le dedans et le tour de la tête et plus bas vous agitant les tripes et remontant aux yeux par petits coups précipités, inlassables » (V, p. 287). Céline y est si sensible qu'à la pointe de ce vacarme, dans la coïncidence intermittente des martèlements qui le composent, il finit par percevoir un paradoxal et atroce silence. « Et les mille roulettes et les pilons qui ne tombent jamais en même temps avec les bruits qui s'écrasent les uns contre les autres, et certains si violents qu'ils déclenchent autour d'eux comme des espèces de silences qui vous font un peu de bien » (*V,* p. 288).

Dans la thématique célinienne, certains aspects du monde se rattachent à la matière par métonymie. D'autres en sont comme des métaphores, parce que dans leur domaine, celui de l'appareil sensoriel par exemple, ils s'opposent au fonctionnement normal de la vie.

Mais les choses sont plus complexes. Cette thématique ne se borne pas à l'opposition primaire de la matière et de la vie. Car, en l'homme et grâce à l'homme, la matière elle-même peut malgré tout prendre forme et s'animer. Ces moments où, par l'intervention humaine, la matière est arrachée à elle-même et comme niée dotent la thématique d'un pôle positif. Moments, car cet arrachement et cette négation ne sont jamais que provisoires. Chacun est suivi d'un autre où la forme se défait et la matière qu'elle transfigurait redevient pure matière. La part la plus personnelle du système d'oppositions qui fonde la thématique célinienne repose sur les deux sentiments également forts d'un attachement à des moments de mise en forme et d'une haine de la déchéance qui les suit. D'un côté ce qui est vertical, ferme, sain, sec, qui *se tient* dans sa forme et dans son contour ; de l'autre ce qui est (la liste est infiniment plus longue) avachi, affaissé, mou, branlant, décati, dissous, fondu, pourri, suintant, baveux, poisseux, etc. La pure opposition de la matière et de la vie se situe hors du temps. Mais, dans l'imaginaire célinien, le temps est précisément cette retombée inéluctable de l'état supérieur à l'état inférieur. Le pathétique célinien le plus profond est dans l'obsession de ces lieux et de ces moments où se marque, dans les hommes et dans les choses, un renoncement qui s'exprime toujours dans les mêmes termes : *céder, s'abandonner*. Chaque soir, le monde lutte avant de « céder à la nuit » (*V*, p. 374) ; la banlieue est ce « grand abandon mou qui entoure la ville, là où le mensonge de son luxe vient suinter et finir en pourriture » (*V*, p. 124) ; et l'homme finit toujours par céder lui aussi, que ce soit au bruit, à la guerre, ou à tout ce qui s'emploie à l'annuler et à le détruire.

Le fragment de matière où la réussite de la forme atteint son degré le plus haut, et en proportion sa débâcle, c'est par excellence le corps humain, ou plutôt le corps féminin. Céline a la même fascination que Villon pour la beauté de ce corps au temps de son épanouissement, et pour la cruauté de sa dégradation. A travers toute son œuvre, il récrit, du point de vue de l'homme, les *Regrets de la Belle Heaumière*. *Voyage* est peut-être, de tous ses romans, le plus riche en évocations du triomphe initial : de Lola à Musyne, de Musyne à la fille de Mischief (« une beauté de fleur en éclosion », *V*, p. 244), de celle-ci aux femmes de New York, à Madelon, et, plus qu'aucune autre, à Sophie, Bardamu à chaque étape retrouve auprès d'elles, parfois à simplement les contempler, la force qu'il faut pour continuer à vivre. Chaque fois son admiration va tout d'abord à la réussite propre d'une morphologie ou même d'une anatomie, et plus encore quand il est en situation d'en suivre le détail de la main. Il « n'en a jamais assez » de parcourir le corps de Lola (*V*, p. 73), et plus tard celui de Sophie : « De muscles en muscles, par groupes anatomiques, je procédais... Par versants musculaires, par régions... Cette vigueur concertée mais déliée en même temps, répartie en faisceaux fuyants et consentants tour à tour, au palper, je ne pouvais me lasser de la poursuivre. Sous la peau veloutée, tendue, détendue, miraculeuse... » (*V*, p. 592).

Ce miracle, comme beaucoup d'autres, est menacé et éphémère. Pour le dire, Céline a toute une série d'expressions qui, par les déplacements de sens qu'elles opèrent, sont doublement céliniennes. A propos des femmes de New York, il parle de « véritables imprudences de beauté », qui sont aussi « ce que la vie peut épanouir de plus périlleux » (*V*, p. 258), ou de « périlleuses nuances », et pour finir de « réussites de tous les dangers » (*V*, p. 249). La beauté n'est pas seulement toujours en danger, elle est ce danger même, moment de grâce d'autant plus menacé que la grâce est plus grande, ou d'autant plus grande qu'elle est plus menacée.

Mais cette matière devenue forme et mouvement harmonieux n'est pas seulement à contempler, ni même à toucher. On peut aussi jouir d'elle et la faire jouir par le sexe. « On peut baiser tout ça » (*V*, p. 594). Ce moment est celui où dans le corps, cette « pourriture en suspens » (*V*, p. 536), « la matière devient la vie » (*V*, p. 595), c'est-à-dire le contraire d'elle-même. En contrepoids à tant de notations négatives, *Voyage* est celui de tous les romans de Céline où le plaisir, celui que les femmes donnent et celui qu'elles peuvent éprouver, se dit plus que dans aucun autre par la suite.

Céline a un autre témoin de cette mise en forme de la matière, mais qui, lui, se change plus souvent, dès *Voyage*, en témoin de sa précarité. C'est celui que la ville offre à chaque pas à quelqu'un d'aussi indéracinablement citadin que lui. Il fera lui-même plus tard le parallèle des immeubles et des corps pour ce qui est du vieillissement. Les immeubles, et plus généralement toutes les composantes du décor urbain, remettent à tout instant sous nos yeux la brièveté du moment où les choses peuvent prendre figure humaine. Mais ils ne se contentent pas de commencer à se dégrader, à peine viennent-ils d'être achevés. A la différence des corps qui, enfants puis adolescents, tendent par une progression continue à ce moment de perfection, les maisons en construction, les rues qui se forment entre elles, les quartiers en cours de lotissement, sont du côté de l'informe. En eux, le chantier précède l'usure. A tant d'images de murs lépreux, noircis, d'escaliers aux marches branlantes et de fenêtres aux vitres remplacées par du carton, il faut joindre dans *Voyage* la vision d'une banlieue en extension comme les environs de l'hôpital de Bicêtre, « les ébauches des rues qu'il y a par là », leurs lampadaires « pas encore peints » (*V*, p. 124). L'inachevé fait déjà ici l'effet que feront les constructions et ce qui les entoure, quand tout cela en arrivera – sous peu – à la même distance au-delà de leur point d'achèvement.

Une thématique si dense et reposant tout entière sur une obsession de la matière dans sa relation avec la mort est naturellement oppressante pour le lecteur. Mais il faut prendre garde qu'il y a toujours un plaisir, et comme la satisfaction d'un besoin, à retrouver, dans un roman unifié par un imaginaire assez puissant, l'univers qui ne se présente jamais à nous que fragmenté et hétérogène. Même quand cette unité se réalise dans la noirceur, comme c'est le cas ici, elle a déjà un aspect de victoire pour quiconque est sensible au pouvoir propre de la littérature.

7. « TUER ET SE TUER »

La mort n'est pas tout. Le pire est qu'il y a des circonstances où l'on est contraint d'admettre que les hommes peuvent y être pour quelque chose. Tel capitaine assigne à ses soldats des missions si dangereuses qu'il peut être dit « collaborer avec la mort » (*V*, p. 49), et l'adjudant aussi bien, « Roi de la mort » (*V*, p. 52) à son niveau. Il est vrai qu'ils sont au front, là où la grande machine de la guerre annihile, peut-on penser, toute réaction humaine. Mais, à l'arrière, Bardamu se retrouvera au milieu d'hommes – et de femmes – qui ne pensent eux aussi qu'à le renvoyer se faire tuer, et pas seulement les militaires des commissions de réforme, qui après tout sont là pour ça. Les civils, commerçants ou affectés spéciaux, ne dissimulent pas leur hâte de le voir repartir d'où il vient, et, comble d'horreur, médecins et infirmières qui devraient l'aider à vivre, ne le soignent que pour le remettre plus vite à même de mourir.

Encore tous ceux-là ont-ils pour agir ainsi un mobile particulier. Officiers et sous-officiers le font par métier ; les autres poursuivent leur intérêt : argent qu'ils gagnent, honneurs et grades qu'ils acquièrent, ou la vie plus facile qu'ils mènent grâce à la guerre. Leur collaboration avec la mort peut être imputée à l'égoïsme, au cynisme, ou seulement à l'inconscience. Mais, depuis les premiers jours de la guerre, Bardamu a conservé un soupçon infiniment plus grave, qui touche à la nature même de l'homme et se situe bien au-delà de toute condamnation morale. Pour un individu resté insensible à l'exaltation patriotique, c'était un spectacle si stupéfiant de voir des millions d'hommes partir pour une mort peut-être immédiate, non seulement sans révolte mais avec une sorte d'empressement, que l'idée pouvait venir à l'esprit que ce départ satisfaisait en eux quelque chose d'inconscient. Parler en temps de paix d'un désir de meurtre qui habiterait les hommes reste un propos abstrait, contredit par le bon sens. Il arrive à Bardamu lui-même de le dire comme en plaisantant : « D'ailleurs, dans la vie courante, réfléchissons que cent individus au moins dans le cours d'une seule journée bien ordinaire désirent votre pauvre mort, par exemple tous ceux que vous gênez, pressés dans la queue derrière vous au

Douala. Le *Margareth Elisabeth* au quai. Musée d'histoire contemporaine – BDIC (Université de Paris). Ph. D.R.
« "Va pour l'Afrique !" que j'ai dit alors et je me suis laissé pousser vers les tropiques... »

« La Maison du Roi » dite « la Pagode », établissement de luxe, à Douala, décembre 1916. Musée d'Histoire contemporaine. BDIC (Université de Paris). Ph. Éditions Gallimard.

Douala. Galerie Promenade. Musée d'Histoire contemporaine. BDIC (Université de Paris). Ph. D.R.

Les tirailleurs à la manœuvre à Campo ; à droite, le lieutenant Max Delestrée. Octobre 1917. Musée d'Histoire contemporaine. BDIC (Université de Paris). Ph. Éditions Gallimard.

métro, tous ceux encore qui passent devant votre appartement et qui n'en ont pas, tous ceux qui voudraient que vous ayez achevé de faire pipi pour en faire autant, enfin, vos enfants et bien d'autres » (*V*, p. 153).

Mais l'entrée en guerre a transformé ce propos en une idée dont il n'arrive plus à se défaire : il se pourrait que ce consentement allègre s'explique par le fait que la guerre autorise et légitime un désir de meurtre qui est invérifiable en dehors d'elle, tant la civilisation le blâme et le réprime, après avoir commencé par le nier : « Qui aurait pu prévoir, avant d'entrer vraiment dans la guerre, tout ce que contenait la sale âme héroïque et fainéante des hommes. A présent, j'étais pris dans cette fuite en masse, vers le meurtre en commun, vers le feu... Ça venait des profondeurs et c'était arrivé » (*V*, p. 28).

Reprenant plus tard la même idée, Robinson ne manquera pas de souligner lui aussi le rôle de la guerre dans cette prise de conscience : « Les hommes quand ils sont bien portants, y a pas à dire, ils vous font peur... Surtout depuis la guerre... Moi je sais à quoi ils pensent... Ils s'en rendent pas toujours compte eux-mêmes... Mais moi, je sais à quoi ils pensent... Quand ils sont debout, ils pensent à vous tuer... » (*V*, p. 387).

Cette idée est si difficile à accepter qu'il arrive à Bardamu même de l'édulcorer en attribuant ce désir de meurtre à la seule guerre et en l'y circonscrivant. C'est ce qu'il fait lorsqu'il met en parallèle l'indifférence des hommes en temps de paix et « la passion homicide des mêmes en la guerre venue » (*V*, p. 109). Mais on ne se

77

débarrasse pas si facilement de la question de savoir si, sous l'indifférence, la passion homicide n'est pas déjà présente. Derrière tant de manifestations de cette indifférence, ou d'égoïsme, de malveillance, d'hostilité, qu'il croyait pouvoir résumer dans l'idée somme toute bénigne de « vacherie », n'y a-t-il pas en réalité en chacun cette vocation de meurtre ? Après en avoir conçu le soupçon au front puis à l'arrière, n'est-ce pas à elle qu'il a à faire sous une forme chimiquement pure à bord de l'*Amiral Bragueton*, puis sous des formes diluées dans le comportement de ceux qui l'entourent à Rancy, à Paris, à Toulouse ou à Vigny-sur-Seine ? Cette interrogation est l'une de celles autour desquelles se rassemblent toutes ses expériences. Elle est l'une de ces vérités vers lesquelles il marche si opiniâtrement. Vérités non à découvrir, mais indéfiniment à confirmer, elles sont pour sa quête des termes si noirs que le moment où il pense les atteindre est en effet chaque fois comme le bout de la nuit. Dans ce domaine, Robinson jouera pour Bardamu dans la seconde moitié du roman le rôle de sujet d'expérience chez qui se trouvent levées les inhibitions qui d'ordinaire retiennent les hommes. « La vocation de meurtre qui avait soudain possédé Robinson, [commente Bardamu lorsqu'il apprend le projet d'assassinat de la vieille Henrouille], me semblait plutôt somme toute comme une espèce de progrès sur ce que j'avais observé jusqu'alors parmi les autres gens, toujours mi-haineux, mi-bienveillants, toujours ennuyeux par leur imprécision de tendances » (*V,* p. 390).

Cette vocation de meurtre n'est pourtant pas le fond, quoi qu'en pense tout naturellement Bardamu dans les moments où il est aux prises avec elle. Le consentement des hommes à la guerre pourrait aussi s'expliquer par l'hypothèse d'un désir de mort plus enfoui encore et plus inacceptable pour la pensée. En le faisant paraître, la guerre serait plus que jamais (avec la maladie, ajoute Céline) la « véritable réalisation de nos profonds tempéraments » (*V*, p. 515).

Bardamu avait déjà noté sur le moment que dans la guerre tous autour de lui s'étaient transformés en « fous vicieux devenus incapables soudain d'autre chose, autant qu'ils étaient, que de tuer et d'être étripés sans savoir pourquoi » (*V*, p. 51). Mais, sur ce point encore, c'est Robinson qui le conduira, et en temps de paix, à la formulation la plus nette et la plus générale de cette hypothèse. Elle lui est inspirée à l'instant par la réapparition de Robinson à Rancy : « Je savais moi, ce qu'ils cherchaient, ce qu'ils cachaient avec leurs airs de rien les gens. C'est tuer et se tuer qu'ils voulaient, pas d'un seul coup bien sûr, mais petit à petit comme Robinson avec tout ce qu'ils trouvaient, des vieux chagrins, des nouvelles misères, des haines encore sans nom, quand ça n'est pas la guerre toute crue et que ça se passe alors plus vite encore que d'habitude » (*V*, p. 343-344).

Mais Robinson ne se contentera pas de cette mort à la petite semaine. A partir de cette arrivée à Rancy, une recherche plus radicale le mènera jusqu'au moment où il dira dans le taxi à Madelon qu'il sait armée les mots qu'il faut pour qu'elle tire. Dès le début de leur querelle, Bardamu remarque qu'« on aurait même pu croire que ça lui donnait du plaisir à Robinson de la voir s'exciter encore un peu plus à son sujet » (*V*, p. 614). Quelques pages plus loin, le dernier mot de Robinson à Madelon, « Fais comme tu veux », témoigne bien de cette volonté d'aller jusqu'au bout. Comme le souligne Bardamu, « c'était une réponse » (*V*, p. 620). Comment ne pas y voir en effet la confirmation de ce second désir, dont le visage de Robinson reparu devant lui à Rancy lui avait donné l'intuition ?

Céline, ensuite, parlera explicitement de cet « instinct de mort », par exemple, dans son discours d'hommage à Zola, et dans son pamphlet *Bagatelles pour un massacre*. Dans le roman, pourtant, les choses ne sont pas aussi nettes. Bardamu a beau formuler sa pensée sous la forme d'une assertion, ce type de « savoir » n'est jamais qu'hypothétique, et les faits donnés en preuves sont toujours susceptibles d'une autre interprétation. Après tout, les paroles prononcées dans le taxi peuvent aussi témoigner seulement du plaisir que prend Robinson à irriter Madelon à son tour, ou d'un goût du risque comme remède à l'ennui, ou d'une curiosité, ou d'une indifférence. De même, lorsqu'il préparait l'assassinat de la grand-mère pour le compte des Henrouille, était-ce « vocation de meurtre », ou seulement le désir de se procurer d'un coup une somme que son travail ne lui procurerait qu'en plusieurs mois ? Il est dans la nature de ces « vérités » poursuivies par Bardamu de n'être jamais définitivement atteintes. C'est par là qu'elles ne cessent de solliciter l'imaginaire. Le double soupçon qui hante Céline lui fournit le principe d'affabulation de *Voyage au bout de la nuit* d'une manière qui est presque didactique, mais qui reste en permanence portée par l'imaginaire dont ce soupçon est comme l'horizon noir.

8. AVEC FREUD ET SOUS LE REGARD DE LA PSYCHANALYSE

Voyage au bout de la nuit se trouve par rapport à la psychanalyse dans une situation singulière. De l'aveu même de Céline, le roman a été écrit en référence à Freud. Il le déclare plusieurs fois publiquement dans des interviews en 1932-1933, et dans une lettre au critique Albert Thibaudet, il évoque « l'énorme école freudienne », sans la connaissance de laquelle, suggère-t-il, on ne saurait comprendre son roman (voir Dossier, p. 170). Aussi bien y renvoie-t-il dans le texte tout lecteur tant soit peu averti lorsque, sans nommer ni Freud ni la psychanalyse, il parle de ce qui monte des profondeurs (*V*, p. 24), lorsqu'il déclare que de nos jours il n'est plus possible de se contenter de la psychologie moraliste qu'incarne La Bruyère (*V*, p. 499), ou lorsqu'il fait dénoncer par Baryton, dans un dialogue où Bardamu apparaît au contraire comme leur défenseur, des « analyses superconscientes » dans lesquelles se complaisent ceux qui « s'ennuient dans le conscient » (*V*, p. 533-535).

Il n'a donc rien négligé pour inviter à lire *Voyage* à la lumière des découvertes ou des théories de Freud. Le rapprochement s'impose en effet avec certains textes de ce dernier, et plus généralement le roman porte partout la trace d'une attention aux phénomènes naguère sans lien les uns avec les autres, négligés ou censurés, que Freud a réunis en système et dont il a dégagé une signification. Mais le caractère délibéré et conscient de l'entreprise est aussi ce qui fait son ambiguïté. Affiché comme freudien, *Voyage* a sans doute en définitive moins de résonance freudienne profonde que d'autres romans de Céline.

Tout porte à croire que, lorsque Céline invoque Freud en 1932, il pense avant tout aux hypothèses tardives de celui-ci concernant une pulsion de mort. Ce sont elles qu'il mentionne à la même date dans un essai traitant de questions d'hygiène où reparaît la formule « Envie chez l'homme latente de tuer et d'être tué » (*CC 3*, p. 201). Les textes dans lesquels Freud a formulé ces hypothèses et réaménagé ses théories pour leur faire place datent de 1915-1920, et leur traduction française avait paru en juin 1927, à l'époque où Céline était le plus susceptible de s'y intéresser. Il ne pouvait qu'être frappé par le fait que Freud était conduit à parler de ces « instincts de la mort » à partir des névroses de guerre observées chez des combattants. Par-delà la terminologie et le détail de l'analyse (cf. *R I*, p. 1219-1221), la théorie freudienne rencontrait ici sa propre expérience, comme en témoigne une évocation plus tardive du comportement des cuirassiers bretons de son régiment en 1914 : « Je les ai vus foncer dans la mort – sans ciller – les 800 – comme un seul homme... et chevaux – une sorte d'attirance – pas une seule fois, dix ! comme d'un débarras » (*R III*, p. 76).

La guerre avait commencé par inspirer à Freud des réflexions sur le réveil, chez les civils eux-mêmes, d'un désir inconscient de meurtre. Les termes dans lesquels est exposée cette réflexion sont très proches de ceux qu'emploie Céline pour parler des individus qui désirent votre mort « dans le cours d'une seule journée bien ordinaire » (*V*, p. 153, passage cité ci-dessus p. 74-77) : « Dans nos désirs inconscients, nous supprimons journellement et à toute heure du jour tous ceux qui nous ont offensés ou lésés [...] C'est ainsi qu'à en juger par nos désirs et souhaits inconscients, nous ne sommes nous-mêmes qu'une bande d'assassins [1]. » La première des découvertes majeures qui font de la guerre pour Céline l'expérience décisive est celle de la manifestation ouverte, à l'arrière non moins qu'au front, de ce désir inconscient de meurtre. La seconde rejoint la notion de pulsion de mort exposée par Freud dans un essai de 1920 traduit dans le même recueil. Freud lui-même la présente comme une hypothèse, et elle reste problématique dans le champ de la réflexion psychanalytique. Ce qu'elle désigne est en tout état de cause une tendance à retourner à l'état inorganique et à renoncer à l'effort constant qu'exige le maintien de l'individuation. Céline, lui, la prend au pied de la lettre, dans son sens le plus concret et le plus immédiat, comme la clé de l'énigme qu'a

1. Freud, *Essais de psychanalyse*, Payot, 1927, p. 260.

été pour lui le comportement répété des cuirassiers et autres mobilisés. C'était là, grâce à la guerre « toute crue », une réalisation expéditive de ce désir. A travers l'histoire de Robinson, dans la seconde moitié de *Voyage*, il poursuit son interrogation sur ce que pourrait être en temps de paix sa réalisation ordinaire, moins directe, mais toujours aussi concrète.

Cette illustration d'un aspect de la théorie tardif et particulier, mais qui rencontre en Céline une inquiétude toujours à vif, ne doit pas dissimuler tout ce qui, dans *Voyage*, touche au fonds même de cette théorie. La volonté constamment sensible de faire place dans le texte a des réactions, des désirs, des représentations censurées par le discours social, rencontre naturellement à tout instant ceux dont la psychanalyse fait des objets privilégiés, plus capables que d'autres de mettre sur la voie de la disposition propre à un psychisme. Les plus voyants se trouvent dans les mentions et les scènes de vomissement ou de déjection, qui ne sont pas si nombreuses, mais assez crues pour que les lecteurs les plus hostiles y réduisent le roman. Il suffit de comparer l'évocation de cabinets publics new-yorkais faite par Georges Duhamel dans *Scènes de la vie future* (texte reproduit dans *R I*, p. 1243-1244) à l'épisode de la « caverne fécale » de *Voyage* (p. 250-252), pour saisir tout ce en dehors de quoi Duhamel maintenait son texte, et dont Céline charge le sien. Mais la charge n'est pas moins forte dans la série obsédante des représentations de l'espace intérieur du corps. Savoir médical mis à part, Céline n'en a jamais fini d'imaginer ou de fantasmer ce « dedans » qui, selon le degré de grossissement, apparaît à l'échelle tantôt des viscères (le mot *tripes* figure quatorze fois dans le texte), plus vaguement de pourriture (cet état intermédiaire qui peut être vu aussi bien du côté de la mort que de la vie), tantôt de cellule maligne ayant commencé son travail dans l'ombre, ou même de molécules impatientes d'en finir avec cette clôture provisoire et de se retouver à l'air libre. Ce sentiment très fort des processus invisibles qu'enferme et protège l'enveloppe corporelle fait toute l'horreur des moments où, par suite d'une atteinte, ce dedans paraît au dehors, que ce soit sous la forme du sang, qui glouglloute ou s'écoule, ou seulement de viande animale dont la vue suffit à provoquer le vomissement. Si la bouche s'impose périodiquement à l'attention, c'est qu'elle est le lieu de contact entre l'intérieur et l'extérieur, d'où l'intérieur se laisse entrevoir, et percevoir de manière plus troublante encore par l'haleine : celle des pauvres que l'on évite parce que leur dedans sent déjà la mort (*V*, p. 286), ou celle de Protiste, dont « l'ignominie biologique » (*V*, p. 427) réduit à néant la prétention de toute parole. L'imaginaire de Céline est assez en prise sur l'inconscient pour que maint détail du récit soit susceptible d'y entrer en résonance sur ce plan. Ainsi l'expérience de Bardamu spectateur dans la salle obscure d'un cinéma, refuge « bon, doux et chaud » donne-t-elle lieu à un relais de comparaisons, ses « volumineuses orgues tout à fait tendres comme dans une basilique, mais alors qui serait chauffée, des orgues comme des cuisses » (*V*, p. 258). On peut citer encore à ce titre la vision, première d'une longue série dans l'œuvre de Céline, des cosaques enterrés dans le cimetière Saint-Pierre de Montmartre, qui cherchent à « s'extirper de leurs tombes », faisant « des efforts que c'était effrayant » et retombant « toujours au fond des tombes » (*V*, p. 464). Dans le même temps, la coloration générale de langue orale donnée au texte entraîne sous de premières formes une rupture avec la phrase écrite, sa clôture sur elle-même, son armature syntaxique, et sa poursuite point par point d'une signification univoque. Ce sont là autant de chances de s'exprimer offertes à ce qui n'est pas le sens rationnel.

Il ne s'ensuit pas que tout dans *Voyage* puisse être ramené à la psychanalyse ou traduit dans son langage, ni que l'on puisse y retrouver tous les fondements de la théorie freudienne. D'une part, s'il n'est pas douteux, malgré quelques déclarations en sens contraire, que Céline adhère à l'essentiel des vues de Freud et voit en elles un moyen de renouveler le roman, il reste que son but est bien de faire une œuvre. La référence à Shakespeare précède la référence à Freud, et elle lui survivra. D'autre part, la connaissance que Céline pouvait avoir de l'œuvre de Freud était restreinte par le fait qu'en dépit d'une certaine pratique de l'allemand oral il ne pouvait le lire dans le texte, comme l'atteste la demande qu'il fait à une amie autrichienne de lui traduire oralement un article à sa prochaine visite : « J'ai l'article ici mais je ne puis le lire » (*CC 5*, p. 101). Cela n'exclut pas qu'à partir des textes

Frans Masereel : *Skyscrapers*. Coll. particulière. Ph. Éditions Gallimard.
© S.P.A.D.E.M., 1991.

qu'il connaissait il ait pu avoir une saisie ou une anticipation intuitive d'autres aspects de la théorie, mais on ne saurait oublier que de son côté Freud, invité par une disciple française enthousiaste à lire *Voyage*, dit n'y avoir rien trouvé qui l'intéresse et montre qu'il y est resté complètement étranger (voir Dossier, p. 171). Même en tenant compte du fait que cet avis ne porte que sur une moitié du livre, et en faisant la part de la distance créée par la langue, cette fermeture de Freud marque les limites du patronage revendiqué par Céline.

Il était en réalité inévitable que le jeu se trouve faussé par le dessein conscient de faire des mouvements psychiques auxquels s'attache Freud, et de certaines interprétations qu'il en donne, une composante de roman. Tout effort pour capter à l'écrit une part du dynamisme de l'inconscient et l'intégrer à un projet d'ordre littéraire repose sur un équilibre toujours improbable entre abandon et contrôle. Il y a antinomie pour la conscience à désirer elle-même être déjouée. A l'époque où Céline écrit *Voyage*, une connaissance livresque et encore récente des travaux de Freud ne pouvait qu'être un handicap dans cette entreprise. On peut mesurer cette inhibition dans l'image donnée des deux expériences clés de la sexualité et de la relation aux parents. Autant Céline laisse parler quelque chose en lui à propos de la représentation du corps et de son intériorité, sujet moins mis en avant par la théorie, autant, dès qu'il s'agit de ces expériences cardinales, il semble pour ainsi dire *prévenu* et presque sur ses gardes. Sur les deux points, *Mort à crédit*, son second roman, fournit une comparaison significative. On y est loin, dans l'évocation des apprentissages sexuels du jeune Ferdinand, du discours de Bardamu à la gloire du sexe dans *Voyage*, provocateur à l'égard de la morale bourgeoise, mais lui-même stéréotypé sauf peut-être par la place qu'y tiennent la simple vision et une caresse plus anatomique que sensuelle. L'écart n'est nulle part plus grand que dans les versions données par chacun des deux romans du même épisode de l'initiation par la cliente riche du jeune garçon venu faire une livraison. Dans *Voyage*, où l'expérience est prêtée à Robinson, elle est évoquée sur le mode d'un émerveillement supposé, et dans un style qui par lui-même exclut tout retentissement de l'inconscient (« la cliente l'avait invité à prendre un plaisir dont il n'avait eu jusque-là que l'imagination », *V,* p. 413). Passé dans *Mort à crédit* au compte du *je*-narrateur, l'épisode est devenu une expérience de l'horreur et de l'abjection, exprimé dans un langage dont l'intensité ne se réduit pas à son obscénité [1]. De même les images de la mère et du père dans *Mort à crédit* rendent-elles rétrospectivement plus sensibles la réduction de la mère au rôle de porte-parole d'une morale petite-bourgeoise, et le total effacement du père dans *Voyage*. Que l'interprétation se situe au niveau habituel de la psychanalyse ou, comme celle de Julia Kristeva, sur le terrain d'une mise en question de l'identité du sujet et du symbolisme, *Voyage* ne lui fournit encore qu'un matériau partiel et

1. *Mort à crédit*, p. 59.

inégal. Il faudra à Céline l'assurance donnée par cette première expérience d'écriture, et quelque recul par rapport à ses premières lectures, pour qu'il puisse tirer pleinement parti de son intuition des possibilités nouvelles offertes à l'imaginaire et à l'écriture par un abandon semi-volontaire aux forces affectives régies par l'inconscient.

9. UN TRAGIQUE DU XXe SIÈCLE

Ce regard jeté sur son époque, cette vision des hommes, cet imaginaire, a pour résultante commune un sentiment global en face du monde et de la vie qui constitue à son tour l'un des plans sur lesquels l'œuvre nous atteint. La meilleure expression de ce sentiment est sans doute, par le choix des mots et par leur redondance, cette « déroute d'exister et de vivre » que Bardamu perçoit dans une chanson (*V*, p. 458). Nul lecteur n'y est totalement étranger, nul n'est sans avoir fait ou sans faire périodiquement cette expérience de découvrir l'univers et sa propre vie dépourvus de sens. Même si la plupart l'oublient ou parviennent à la surmonter, il reste en eux une oreille pour une voix qui en fait sa note fondamentale. « La tristesse du monde saisit les êtres comme elle le peut, mais à les saisir elle semble parvenir presque toujours » (*V*, p. 77). Elle submerge Bardamu à New York, dès le premier moment où cesse de peser sur lui une menace physique : « Toujours j'avais redouté d'être à peu près vide, de n'avoir en somme aucune raison pour exister. A présent j'étais devant les faits bien assuré de mon néant individuel [...] dès qu'on avait cessé de me parler des choses familières, plus rien ne m'empêchait de sombrer dans une sorte d'irrésistible ennui, dans une manière de doucereuse, d'effroyable catastrophe d'âme » (*V*, p. 262).

De ce point de vue, c'est Baryton qui dans la seconde moitié du roman prendra le relais de Bardamu. Le dépaysement linguistique provoqué par l'apprentissage d'une langue étrangère suffit en ce qui le concerne à créer en lui un « désarroi spirituel » qui tourne aussitôt à la « débâcle » (*V*, p. 547). A la lecture d'un épisode de l'histoire d'Angleterre où un conquérant sur le point de réaliser tous ses plans cesse soudain d'en voir l'utilité, c'est « tout le ridicule piteux de notre puérile et tragique nature » (*V*, p. 549) qui se découvre à lui. Du coup, la vie assurée et rangée qu'il menait jusque-là lui devient insupportable, tout comme la perspective de la sécurité et du confort l'avait été pour Bardamu à New York et le sera pour Robinson à Toulouse : il n'y a de vie possible que celle qui se maintient au contact, sinon de la mort, du moins de la déroute d'exister.

Il n'y a rien de fondamentalement neuf dans ce sentiment qui, de manière consciente ou intuitive, touche dans *Voyage au bout de la nuit* tous les personnages capables de quelque réflexion, c'est-à-dire d'inquiétude. L'idée que la vie est souffrance était déjà le fondement du bouddhisme. A l'époque moderne, le reflux du christianisme, puis la perte de la confiance dans le pouvoir de la raison, enfin la mise en question de l'individu, ont renouvelé ce tragique. C'est bien en cela que certaines expressions de Céline peuvent être mises en perspective avec celles de Schopenhauer, qui a été le premier au XIXᵉ siècle à exposer cette forme moderne du tragique. Si, parmi tant d'œuvres littéraires nées de la même sensibilité, les premiers lecteurs du *Voyage* y ont perçu une résonance nouvelle qui se prolonge jusqu'à nous, c'est que, chez Céline, cette sensibilité s'exprime dans un langage auquel on n'a pas l'habitude de l'associer, qu'elle rencontre un imaginaire personnel, et qu'elle prend en considération des aspects que le XXᵉ siècle a ajoutés ou qu'il a substitués aux précédents.

Ce sentiment du monde et de la vie se laisse aisément mettre en formules, et Céline ne s'en prive pas. Parmi celles qu'il prête à Bardamu, certaines, on l'a vu, (sentir son *néant individuel*, prendre conscience de *notre puérile et tragique nature*), sont d'une langue soutenue qui peut rivaliser avec le discours philosophique habituel. Il en va de même de plusieurs des termes récurrents dont Céline se sert pour définir à partir de là la destinée humaine : *faillite* (*V*, p. 421, 604, etc.), *désarroi* (*V*, p. 547, 548, etc.), *déroute* (*V*, p. 355, 604, etc.), *débâcle* (*V*, p. 547). Mais, avec *débine* (*V*, p. 376), on passe de l'autre côté de la frontière linguistique qui sépare le français écrit du français populaire.

Ce n'est pas tout à fait la même chose de « redouter de ne pas avoir de raison suffisante pour exister » et de se dire que

États-Unis : Usine d'automobile Ford. Coll. Archives Bettman. Ph. Archives Snark-Edimédia.
« Les ouvriers penchés soucieux de faire tout le plaisir possible aux machines vous écœurent, à leur passer les boulons aux calibres, et des boulons encore, au lieu d'en finir une fois pour toutes, avec cette odeur d'huile. Cette buée qui brûle les tympans et le dedans des oreilles par la gorge. »

« tout n'arrive à rien, la jeunesse et tout » (*V*, p. 460), ou bien que l'on avance « sur le chemin de rien du tout » (*V*, p. 574). La première formule suppose encore, à contresens de ce qu'elle dit, la force et l'envie de le dire, et de le dire dans un français auquel le qualificatif de *soutenu* convient mieux que jamais, par l'idée d'effort qu'il implique. Les autres au contraire ne sont pas seulement populaires par la simplicité de la métaphore. Elles expriment par leur gaucherie même une lassitude ou un épuisement d'ailleurs déclarés dans le contexte immédiat de chacune, puisque dans l'un des cas il est question de « perdre l'envie de vivre » et que, sur le chemin de rien du tout, « il suffit désormais de bouffer un peu, de se faire un peu de chaleur, et de dormir le plus qu'on peut ». A lui seul, le français populaire change le ton de cette philosophie tragique qui s'est déjà dite (et se dira après Céline, par exemple dans tout le discours sur l'absurde) dans tant de formules mieux frappées les unes que les autres. A cette formulation distanciée, il en substitue une autre qui l'intègre à l'expérience vécue la plus immédiate. Bardamu-Céline ne résiste pas à la tentation d'employer parfois un langage de philosophe, mais aussi bien un mot peut suffire à opposer à ce langage celui qu'il a choisi comme dominante. Quand il parle de « tout le ridicule de notre puérile et tragique nature », c'est pour dire qu'il « se déboutonne devant l'Éternité ». Nul doute que, dans le choc de ces mots, celui qui l'emporte et reste dans l'esprit du lecteur, par la nouveauté de son association à l'idée, c'est ce verbe *se déboutonner* qui suffit par image à évoquer une certaine posture, moins psychologique encore qu'existentielle.

Ce préfixe *dé-,* qui était déjà celui de *déroute,* de *débâcle,* de *débine,* etc., met cette situation métaphysique de l'homme en correspondance avec la thématique. Du fait des images qui l'expriment, le sentiment fondamental ne se sépare pas des phénomènes et des aspects du monde sensible qui hantent Céline. L'ensemble tire une cohérence exceptionnelle de la superposition de ses divers plans. Elle fait de cette saisie d'un rapport à l'univers et d'une interrogation sur le sens de la vie quelque chose d'aussi concrètement et quotidiennement vécu que la présence au monde.

L'effort contraire de lutte contre l'abandon et la dérive s'exprime de même, symétriquement, dans les termes de l'imaginaire. Il devient ce mouvement de défi à la pesanteur, discipliné et harmonieux, la danse, qui est pour Céline le triomphe de la vie sur la matière. Le but est clairement assigné, même s'il l'est au sein d'une phrase négative, dans une phrase qu'aucun lecteur de *Voyage* n'a oubliée : il s'agit de trouver en soi assez de musique pour « faire danser la vie » (*V*, p. 256). Danser est peut-être trop demander, et aussi de trouver cette musique en soi. Ce n'est déjà pas si mal de faire comme les Américains, c'est-à-dire de jouer au gramophone cette « espèce de musique où ils essaient de quitter eux aussi leur lourde accoutumance et la peine écrasante de faire tous les jours la même chose, et avec laquelle ils se dandinent avec la vie qui n'a pas de sens, un peu, pendant que ça joue » (*V*, p. 376-377).

Dans l'histoire de la civilisation occidentale, la condition tragique de l'homme a longtemps été, pour ceux mêmes qui auraient pu l'éprouver, d'abord réparée par la religion, puis atténuée par d'autres recours, et en même temps à demi masquée par les institutions et par les valeurs. Lorsque, au XIXe siècle, le christianisme a cessé d'être la réponse à toutes les questions fondamentales, la science, la philosophie et l'art ont jusqu'à un certain point pris le relais. Pour ceux qui n'y participaient qu'indirectement, la valorisation d'un certain nombre des expériences humaines les plus communes et la protection offerte par les cadres sociaux pouvaient encore faire écran. La confrontation se trouvait ainsi différée. *Voyage au bout de la nuit* est le livre qui, à la fin du premier tiers du XXe siècle, fait le tour de ces protections et de ces issues et les trouve l'une après l'autre abolies ou fermées. Au terme du parcours, l'homme reste face à face avec sa mort, dans un univers auquel ne le raccorde plus aucun sens de sa vie.

En divers points de l'histoire de Bardamu, les grands recours traditionnels se présentent à lui en la personne d'un représentant de chacun d'eux, et, de cette rencontre, tous sortent disqualifiés : la religion, pour mémoire, à travers l'abbé Protiste, la philosophie et la littérature par la lecture au passage d'une page de Montaigne, et même la science, sous la forme de cette biologie pasteurienne qui a un moment donné de tels espoirs, par l'impuissance, le comportement et les discours de Parapine. Bardamu a dit d'emblée, dans le dialogue initial, à quoi il fallait s'en tenir sur la patrie. L'expérience qu'il provoque par son engagement impulsif ne peut ensuite que le confirmer dans cette vue. Il ne trouve pour sa part, on le sait, aucun secours dans cette idée de race à laquelle Céline, lui, finira par recourir de façon si dramatique. Quant à la famille, ni la sienne propre, représentée par sa mère lors des visites à l'hôpital de Bicêtre, ni des échantillons comme les Henrouille n'en laissent attendre la moindre protection contre le malheur ou le tragique.

L'Occident, depuis le Moyen Âge, n'a cessé de valoriser l'amour. Dans ce domaine, des sommets ont été atteints pendant la période romantique. Depuis, par réaction, les peintures démythifiantes n'ont pas manqué dans la littérature. Sur ce point comme sur d'autres, Flaubert fait figure d'initiateur. Mais ces peintures antérieures, subtiles, étendues à l'échelle de tout un roman ou de toute une pièce, et laissant le lecteur tirer la conclusion du spectacle de la passion, n'ôtent rien à la violence de la dénonciation à laquelle Céline se livre dans le *Voyage*. Défini dès la troisième page comme « infini mis à la portée des caniches », montré en acte dans l'inoubliable dialogue entre Madelon et Robinson des pages 512-514, l'amour est pour finir attaqué de front dans la scène finale du roman. Il est au cœur de la querelle décisive entre les deux mêmes personnages. Au terme d'une tirade vengeresse, Robinson en vient à dire qu'il est nié par « toute la vie », et donc que, se raccrocher à lui c'est s'aveugler sur cette vie (*V,* p. 618-619). Ce débat pourrait paraître secondaire. Mais Céline y attache assez d'importance pour en faire dans une de ses premières interviews « le fond de l'histoire » (*CC 1,* p. 31). L'amour a beau avoir été dénoncé dans un certain nombre d'œuvres, il reste le mythe autour duquel tant d'autres tournent encore qu'il est toujours au premier plan des illusions à détruire pour quelqu'un qui veut montrer la vie sous le jour où Céline veut la montrer.

Moins voyante mais plus nouvelle et peut-être de plus grande portée est sa dénonciation du travail comme valeur. Les doctrines les plus opposées, la religion chrétienne, la morale laïque ou le marxisme, se retrouvent pour célébrer cette valeur. Qu'elles le justifient par le dogme d'une chute originelle, en fassent le moyen d'un accomplissement individuel ou le dotent du pouvoir de transformer le monde, il est dans chacune une pièce maîtresse du sens qu'elles donnent à la vie. Bardamu, en se disant « écœuré » par l'empressement de l'ouvrier de chez Ford à fournir sa machine en boulons (*V,* p. 288) ou par la hâte que mettent les jeunes gens de Rancy à rejoindre leur lieu de travail (*V,* p. 304), ne laisse pas percer, comme on l'a dit, un mépris du peuple : il dénonce ce qui pour lui est une aliénation, un autre opium de ce peuple. Mais, se libérer de cette croyance, c'est se trouver plus démuni encore sur un autre plan.

Tout cela admis, il restait au moins à l'homme le pouvoir de le dire. A tant d'illusions perdues, il pouvait opposer la noblesse du langage, de ce Verbe que la religion chrétienne lui donnait en partage avec Dieu. Céline, qui veut faire œuvre littéraire, ne peut pas ne pas prêter au langage quelque pouvoir. Mais, voulant aller dans ce *Voyage* jusqu'au bout de son entreprise de doute méthodique, il s'en prend à lui, concentrant pour commencer toute son attention sur l'aspect le plus organique des organes de la parole : « Quand on s'arrête à la façon par exemple dont sont formés et proférés les mots, elles ne résistent guère nos phrases au désastre de leur décor baveux. C'est plus compliqué et pénible que la défécation notre effort mécanique de la conversation. Cette corolle de chair bouffie, la bouche, qui se convulse à siffler, aspire et se démène, pousse toutes espèces de sons visqueux à travers le barrage puant de la carie dentaire, quelle punition ! Voilà pourtant ce qu'on nous adjure de transposer en idéal » (*V*, p. 426).

Le moment viendra vite ensuite d'une critique plus intrinsèque de l'« impuissance » des mots (*CC 1*, p. 48), mais la logique du *Voyage* voulait que, de sa représentation dans le texte du roman, le langage ne sorte pas indemne.

La conscience tragique impose à Céline le besoin d'enfermer l'homme, toute échappatoire supprimée, comme le taureau dans l'arène. Rien ne le fait mieux paraître que la réduction à laquelle il soumet les couples de contraires. La guerre est l'horreur même, mais, à l'expérience, la paix ne vaut pas beaucoup mieux. La campagne est insupportable, « avec ses bourbiers qui n'en finissent pas [...] et ses chemins qui ne vont nulle part » (*V*, p. 23), mais, à New York, « c'était comme une plaie triste la rue qui n'en finissait plus, avec nous au fond, nous autres, d'un bord à l'autre, d'une peine à l'autre, vers le bout qu'on ne voit jamais, le bout de toutes les rues du monde » (*V*, p. 247). Les riches sont à vomir, mais cela ne veut pas dire pour autant, par le simple jeu de l'opposition, que le meilleur de l'humanité et tout l'espoir du monde résident dans les pauvres et dans les exploités. De ces couples de termes ramenés à l'identité, et à une identité négative, aucun n'est plus saisissant que celui du malade et du médecin, car les deux termes en sont, à l'origine, diversement mais également positifs : le malade par la compassion qu'il inspire, quoi qu'il en soit de l'individu ; le médecin comme une sorte de saint laïque, chez lequel on ne sait ce qui est plus admirable : la science, l'humanité ou le désintéressement (qu'on songe par exemple au Dr Larivière et à l'exception qu'il fait dans le monde de *Madame Bovary*). Or Bardamu, d'une part ne suspend pas au bénéfice des malades son jugement sur les hommes en général. Il ne cesse d'autre part, en contradiction avec un développement mémorable sur le terme *honoraires* (*V*, p. 264), d'insister non sans répétition ni lourdeur sur sa cupidité de médecin. Céline pouvait sans doute écrire peu de choses qui choquent autant le sentiment général (c'est bien pourquoi il y reviendra à la première page de *Mort à crédit*). Mais y aurait-il des hommes, si peu nombreux soient-ils, qui échappent à la déroute d'exister et de vivre ? Quels que soient ses sentiments et son expérience propre de médecin, Céline dans son roman ramène une profession qu'on tend à idéaliser au niveau de l'humanité commune.

Plutôt que la manifestation d'un nihilisme, il faut voir dans ce mouvement l'effet du besoin d'écarter tous les faux-fuyants qui éviteraient un affrontement direct avec le tragique de la condition humaine. Les questions que peut se poser un individu sur ses raisons d'exister et sur l'existence du mal en lui sont les mêmes en temps de paix et en temps de guerre, en ville qu'à la campagne, etc. Ce tragique est de tous les temps. La force de Céline est de faire apparaître les formes ou les modalités que lui a données notre siècle. A une époque où les guerres et d'autres comportements collectifs ont révélé des abîmes, où la famille et la patrie ont perdu de leur pouvoir d'assurer à l'individu la certitude d'une appartenance, où le travail a cessé d'être une valeur rédemptrice, où le langage n'est plus le simple moyen d'expression lucide et contrôlée qu'il a paru être, l'homme se trouve démuni de la plupart des défenses qui lui restaient encore lorsque des œuvres de l'époque précédente exprimaient son tragique. « L'homme est nu, dépouillé de tout, même de sa foi en lui. C'est ça, mon livre », dit Céline dans sa toute première interview (*CC 1,* p. 22). Dépouillé peut-être même de son vouloir-vivre, faudrait-il ajouter. Autant ou plus que par l'évocation de tous les phénomènes clés de l'époque sur le plan historique et social, c'est par la mise en évidence de ce dépouillement que *Voyage au bout de la nuit* est l'œuvre de son siècle.

Cité ouvrière. Ivry-sur-Seine. Ph. Coll. Roger Viollet.
« Moi, je m'étais trouvé pour la pratique un petit appartement au bord de la zone... »

II   L'INVENTION D'UN STYLE

> « C'est à la rupture que l'art commence ; elle n'est pas l'art mais il n'y a pas d'art sans elle. »
>
> André Malraux,
> *Les Voix du silence*.

Le paradoxe est que, fondé sur une vision si noire, l'œuvre, elle, ne l'est pas, précisément parce qu'elle est œuvre. La puissance de l'imaginaire et le tragique sur lequel il débouche pourraient faire de ce roman un moyen de plus, pour la tristesse du monde, de nous atteindre. Mais Céline ne s'est pas contenté d'exprimer ce tragique. Il en a fait la matière d'une œuvre en trouvant des formes d'écriture qui agissent à la fois par elles-mêmes et par leur correspondance aux formes de l'imaginaire. Sa réussite sur ce plan se superpose en permanence à l'effet propre de tant de représentations ou de déclarations désespérantes. Pour la plupart des lecteurs, elle n'y fait pas seulement contrepoids, elle colore la lecture de *Voyage au bout de la nuit* de cet enthousiasme qui accompagne la découverte d'une grande œuvre, quelle que soit l'image qu'elle donne de l'homme et de la condition humaine.

Dans ce premier roman, la narrativité est encore traditionnelle, avec un personnage-narrateur fictif distingué de l'auteur par son nom, un récit linéaire, découpé en segments qui peuvent passer pour des chapitres, et une histoire qui a un commencement et une fin. La recherche de formes nouvelles et personnelles se porte tout entière du côté de la langue et du style. *Voyage* est de ces romans qui retiennent avant toute chose par le détail ligne à ligne de leurs trouvailles ou de leurs réussites d'expression. Ces réussites, il faut le noter, restent parfois dans les limites du français habituellement écrit, notamment quand ce sont des images. Mais l'impact principal, de loin le plus immédiat et le plus sensible, est dû à l'emploi qui y est fait du français populaire, dès la première phrase et jusqu'à la dernière. Quelles que soient les précisions et les mises au point qu'appelle cet emploi, c'est par lui d'abord que *Voyage* innove et frappe, et que sa publication est une date dans l'histoire de la littérature française.

C'est une des caractéristiques de celle-ci que, trois siècles durant (la fondation de l'Académie française en 1636 pourrait être un point de repère), le français populaire a été banni de la littérature ou peu s'en faut, disqualifié comme fautif et inférieur, opposé à une autre forme de la langue seule jugée « bonne » et consacrée comme norme. Il y avait bien eu, dans le courant du XIXe siècle, des tentatives pour faire tant soit peu place, dans des œuvres littéraires, à ce français populaire et même à l'argot. Mais ces tentatives restaient circonscrites, précautionneuses, parfois condescendantes. *Voyage* est en 1932 l'œuvre qui, faisant sien ce français (ou en tout cas en donnant le sentiment au lecteur), s'en prend de front à cet ostracisme.

La plus ou moins grande sensibilité individuelle de chacun au français populaire est sans nul doute une ligne de partage décisive entre les lecteurs de *Voyage,* et de l'œuvre de Céline en général. Parmi eux, ceux pour qui il reste une forme inférieure, dégradée, ou même dangereuse, de la langue ne peuvent que s'élever contre le coup de force par lequel Céline entreprend de la réintégrer à la littérature. Pour ceux au contraire qui sont sensibles à sa saveur, à son expressivité, à son invention, pour ceux qui s'enchantent de ses trouvailles quand ils les entendent autour d'eux, *Voyage* est l'œuvre par laquelle la littérature est rentrée en possession, au moment où le besoin s'en faisait le plus sentir, de ressources dont elle avait été si longtemps privée.

Soit par exemple la réplique de Robinson protestant (à Toulouse) de sa reconnaissance pour Madelon : « Après gentille comme t'as été avec moi... » (*V*, p. 513), ou cette précision concernant les Henrouille : « Leur pavillon venait de finir d'être payé » (*V*, p. 315), ou encore la fatigue que donnent à Pomone les chichis de ses clientes à propos « de leurs derrières dont à les entendre on n'aurait pas retrouvé le pareil en bouleversant les quatre parties du monde » (*V*, p. 456). Dans chacune de ces formules, on peut ne voir que faute ou que gaucherie. Elles ne sont pourtant pas moins françaises, ni moins intuitivement compréhensibles, pour tout lecteur dont le français est la langue, que les formules correctes correspondantes. Sous forme de propos rapporté ou par une suggestion de style indirect libre, elles renvoient à des millions de locuteurs avec lesquels le lecteur le plus lettré partage, qu'il le veuille ou non, la même langue, mais qui ont leur expérience et leur vision du monde propres. En dehors même de l'expressivité que certaines peuvent avoir, l'écart par rapport à la norme, et cette association avec un point de vue particulier, suffisent, dans la situation linguistique du français, à faire d'elles des marques, sinon d'un style à elles seules, du moins d'une forme littéraire de la langue.

Céline est précisément celui qui, au-delà de ce choix spectaculaire de langue, entreprend d'en faire un élément de style. Sous peine de ne voir dans *Voyage* qu'un « cri » ou qu'une manifestation idéologique, il importe donc d'analyser, fût-ce de façon sommaire, les différents aspects de cet emploi du français populaire qui commencent dès ce premier roman à le transformer en style.

10. LES CHOIX DE LANGUE

La note clairement donnée dans la première phrase par la répétition de la forme *ça* est bien pour le lecteur celle du roman tout entier. *Voyage au bout de la nuit* reste dans le souvenir comme un roman écrit en langue populaire. Il ne l'est en réalité qu'en partie. Si la langue populaire est ainsi la dominante, c'est qu'elle frappe par la nouveauté et l'audace de son emploi. Mais, en dépit du choix fait d'emblée et sans ambiguïté, il subsiste dans le texte bien des mots, des phrases entières et parfois des suites de phrases qui sont encore du français écrit conventionnel et même « littéraire ». Il n'est pas si facile d'écarter une langue qui est celle dans laquelle étaient écrits les livres qui ont suscité en vous le désir d'être aussi écrivain. Un fait de langue précis permet de mesurer cette résistance et de suivre au fil du texte l'effort continu qu'il faut pour la surmonter. Dans la première phrase, le passé composé « a débuté » était, au même titre que le « ça », une marque du français parlé. Le passé simple, temps pivot de la narration traditionnelle, n'est pas employé à l'oral. Pourtant, il ne tarde pas à se réintroduire dans le texte, comme par automatisme, malgré les marques de langue populaire qui y sont accumulées, tant il est associé au récit écrit pour tout lecteur français. « C'est tout à fait comme ça ! que m'approuva Arthur ! » (V, p. 18). La même force de l'habitude va jusqu'à imposer en quelques occasions un temps plus exclu encore de tout échange oral, l'imparfait du subjonctif : « D'où qu'ils provinssent décidément, ils ne pensaient qu'à cela » (V, p. 114).

L'audace, au point de départ, consistait à prêter au narrateur, sans avertissement ni justification, une langue qui jusqu'alors, dans les rares cas où elle avait trouvé place dans les romans, n'avait jamais figuré que dans les dialogues, mise dans la bouche de personnages populaires. Zola dans *L'Assommoir*, et même Barbusse dans *Le Feu*, prenaient soin de se distinguer de cette langue qu'ils osaient transcrire, en écrivant pour leur compte un français parfaitement correct. Dans *Voyage*, ce français n'apparaît plus que sous forme de bribes, et pour ainsi dire de restes. Il ne resurgit qu'après que le narrateur a marqué sans équivoque que sa langue était le français populaire, et qu'il entendait faire son récit – c'est-à-dire écrire le livre – dans cette langue. C'est ce parti pris qui rend compte de l'impression globale de lecture, même si, dans la pratique de l'écriture, il n'est pas toujours respecté. L'analyse informatique a fait apparaître que certaines marques de français populaire étaient plus nombreuses dans la seconde moitié du roman, plus riche en dialogues, que dans la première, où domine le récit du narrateur. Mais l'important était que celui-ci ait commencé par signifier son rejet de la langue qui avait été jusqu'alors la seule langue de narration.

Celle qu'il lui substitue avec éclat frappe d'abord par son caractère populaire, c'est-à-dire en tant que niveau de langue défini par référence sociologique, et en opposition à une norme imposée par la société. Mais, en même temps et peut-être plus encore que populaire, elle est la langue orale, ou la forme orale de la langue, par opposition à sa forme écrite. D'un point de vue linguistique, les conditions de production et de réception font de l'écrit et de l'oral deux systèmes structurellement différents, même s'ils utilisent pour une large part les mêmes éléments. Il est vrai qu'en dehors de ses caractères intrinsèques, la langue populaire est inséparable de l'oralité, d'abord parce qu'elle est en effet pratiquement toujours parlée, ensuite parce que le français écrit traditionnel se définit très souvent contre elle, par exclusion de ce qui « ne s'écrit pas ». Mais il reste que, de ces deux faces du français oral-populaire que Céline commence à écrire dans *Voyage,* la première lui importe peut-être plus encore que la seconde.

L'effet de surprise et de scandale une fois produit par le choix de la langue populaire, il le considérera comme acquis. En revanche, il ne cessera par la suite de tirer des conséquences toujours plus approfondies et plus subtiles de la substitution au discours écrit d'un discours qui donne une impression d'oralité.

Il est clair, en effet, que cette oralité d'un texte imprimé que le lecteur déchiffre comme n'importe quel autre ne peut jamais être qu'une fiction. De même la résonance populaire de ce texte n'est-elle pas le résultat d'une transcription. Céline n'écrit ni comme il parle, ni comme parle ou a jamais parlé qui que ce soit. Des études spécialisées l'ont montré, l'impression d'oralité et la résonance populaire sont obtenues l'une comme l'autre par la sélection d'un certain nombre de formes marquées du discours ou de la langue, et par l'intégration de ces formes dans des énoncés qui pour le reste en diffèrent, mais qu'elles marquent dans leur ensemble. Il s'en faut d'ailleurs que ces formes soient toujours reprises telles quelles. Céline ne se prive ni d'en tirer des variations, ni de les dépasser pour forger à partir d'elles des phrases qui paraîtront orales et populaires bien que nul n'en ait jamais entendu l'équivalent, fût-ce de la part du locuteur le plus authentiquement populaire.

Dans *Voyage,* il s'en tient encore, sur chacun des deux plans, à des phénomènes relativement simples mais efficaces, certains parce qu'ils touchent à l'essentiel, d'autres parce qu'ils sont voyants. Ce dernier cas est en particulier celui des traits chargés de marquer le caractère populaire de la langue. Ils se situent aussi bien dans le domaine des formes que dans celui du lexique et de la syntaxe. Pour ce qui est des formes, Céline, dans les dialogues de *Voyage,* recourt parfois au moyen facile (et que pour cette raison il évitera par la suite) des transcriptions phonétiques, qui marquent immédiatement l'oral parce qu'elles se réalisent avec des séquences de consonnes impossibles à l'écrit, par exemple dans des élisions du type « J'pense plus à rien » (*V,* p. 66). (En revanche, il en conservera d'autres qui, tout en étant la trace d'une prononciation populaire ou au moins orale, existent à l'écrit dans d'autres emplois, par exemple *y* employé soit pour « lui » – « J'ai beau y dire et y redire », *V,* p. 141 – soit pour « il » ou « ils » – « Y regardent pas eux », *ibid.* – *t'* pour « tu » – « T'élèves des lapins à présent ? » *V,* p. 386.)

Quant au vocabulaire populaire et argotique, il est en définitive limité, à la fois en nombre d'occurrences et par la nature des mots employés, qui sont souvent ceux dont l'emploi est le plus courant. S'il a beaucoup frappé à l'époque de la publication, c'est à cause des traits de syntaxe populaire, souvent moins aisément repérables, qui lui servent de caisse de résonance. Sans doute faut-il tenir compte aussi du fait que, parmi ces mots qui normalement ne « s'écrivent pas », il y a une proportion notable de mots obscènes qui sont ceux qui choquent le plus, à commencer par les fameuses « rouspignolles » de la page 18, qui disent à elles seules le travail que Céline accomplit sur l'argot, puisqu'elles associent trois désignations argotiques des

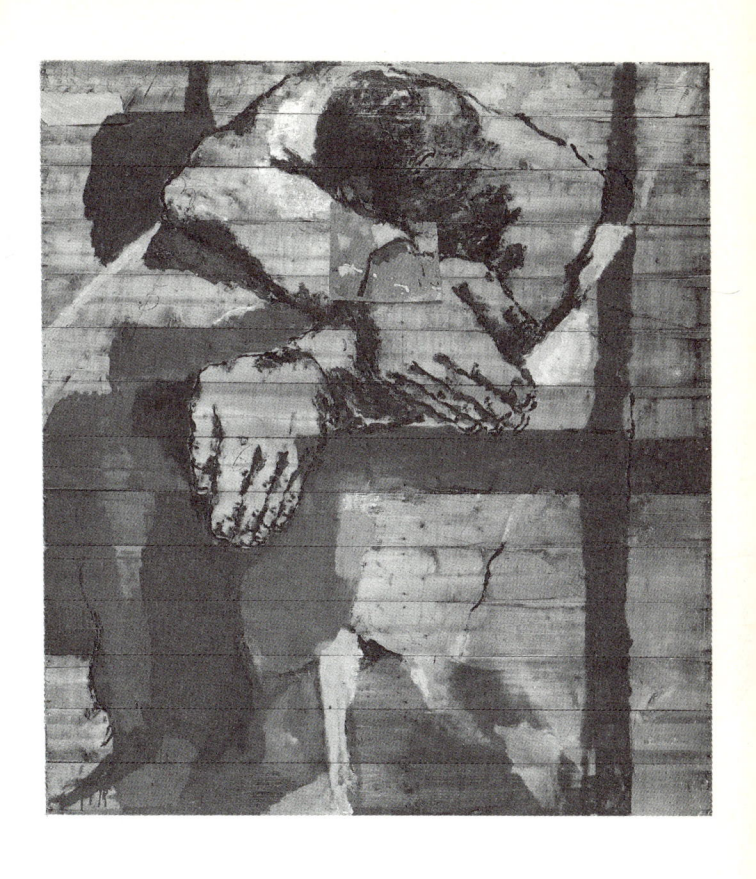

Jean-Charles Blais. *Sans titre*. Musée Cantini, Marseille. Ph. © Giraudon.
© A.D.A.G.P., 1991.

testicules : *roupettes, roustons, roubignolles*. Les faits de syntaxe, beaucoup plus nombreux, sont inégalement marqués et inégalement complexes. La réduction de la négation verbale à son second terme *pas* peut passer inaperçue. En revanche, Céline multiplie dans *Voyage* une tournure stéréotypée qui suffit à marquer tout le contexte comme populaire. C'est l'emploi explétif de *que* et le renoncement à l'inversion des termes du syntagme verbal dans des phrases comme « que je lui dis », « qu'il me répond ». Certaines autres tournures sont, elles, d'analyse beaucoup plus difficile tout en étant aussi compréhensibles, celles par exemple des trois phases citées ci-dessus p. 105.

Le tour de loin le plus employé (on a pu en dénombrer quelque mille neuf cents occurrences dans le roman), et le plus souvent associé à sa langue populaire, est le redoublement, sous forme d'un pronom, d'un élément présent dans la même phrase sous la forme d'un substantif ou d'un autre pronom. Dans une phrase comme celle-ci, Céline n'hésite pas à le réaliser à la fois pour le sujet et pour le complément d'objet : « Il avait l'air de la saluer lui, ce cavalier à pied, la guerre, en entrant » (*V*, p. 27).

Ce tour a tellement frappé que, moins de trois ans après la publication du roman, un linguiste chevronné, Léo Spitzer, lui consacrait un article dans une revue spécialisée, « Une habitude de style (le rappel) chez M. Céline ». Le mot de rappel n'est en réalité pas heureux. Le redoublement peut en effet prendre deux formes, selon que le pronom redoublant vient dans la phrase avant la forme pleine (en l'anticipant) ou après (en la reprenant). Or on a pu établir [1] que dans *Voyage* les phrases à anticipation étaient cinq fois plus nombreuses que les phrases à reprise (la proportion sera renversée dans *Mort à crédit*).

L'important est que ce tour est à la fois oral et populaire : oral parce que, sous ses formes simples, il représente une tendance spontanée de tout locuteur ; populaire parce qu'un certain type de locuteur l'emploie plus souvent que d'autres, ou de manière plus accentuée, et plus encore peut-être parce que le français écrit veille à en user avec discrétion. Du point de vue de l'interprétation, on peut y voir le primat d'un ordre subjectif et affectif sur l'ordre logique, le sujet disant en priorité ce qu'il a à dire de l'objet, avant même de désigner celui-ci. Mais il est aussi l'une des formes prises par l'organisation spécifiquement orale du discours. En effet, alors que l'écrit peut aller vers une structuration de plus en plus vaste et de plus en plus complexe de l'énoncé, le discours oral, lui, du fait des conditions de sa production, doit se contenter de la syntaxe la plus simple. Il renonce à la subordination au profit de la coordination, voire de la simple juxtaposition. Au demeurant, il dispose, pour mettre en rapport les éléments de sens, de l'intonation et de toutes les possibilités de communication extra-linguistique que donne la co-présence du locuteur et de l'auditeur.

La phrase à anticipation ou à reprise est ainsi la forme prise dans *Voyage* par un mouvement de dislocation de la phrase

[1] Catherine Rouayrenc-Vigneau, *Le langage populaire et argotique dans le roman français de 1914 à 1939,* thèse de l'université de Paris III, p. 457.

écrite que Céline ne cessera ensuite de poursuivre et d'approfondir. Dans ce premier roman, le cadre de la phrase écrite délimitée par une majuscule initiale et un point final est encore maintenu presque partout. Mais il s'y intercale parfois déjà vaille que vaille des éléments qui auraient normalement dû être distribués entre plusieurs phrases : « – Et l'eau ? demandai-je. Celle que je voyais dans mon gobelet, que je m'étais versée moi-même m'inquiétait, jaunâtre, j'en bus, nauséeuse et chaude comme celle de Topo » (V, p. 212).

Déjà même, ces chevauchements et ces rallonges indéfinies peuvent s'étendre sur une douzaine de lignes, comme dans l'évocation du départ de Topo (V, p. 209), ou dans les considérations qu'inspire à Bardamu la jeunesse (V, p. 366).

Cet affaiblissement de la mise en ordre syntaxique au profit d'une juxtaposition plus ou moins hasardeuse a pour première conséquence d'accroître le rôle du rythme dans la constitution de l'énoncé et dans l'effet qu'il produit sur le lecteur. Il en va de même d'une catégorie particulière d'énoncés, souvent situés en fin de paragraphe, qui commencent par une majuscule mais ne contiennent pas de prédication verbale : « ça me redonna comme une espèce de courage comparatif. Pas pour très longtemps » (V, p. 232). On a justement proposé [1] de désigner ces énoncés, très nombreux dans *Voyage*, sous le nom de « phrases rythmiques ». Ils ont en effet les apparences typographiques d'une phrase, sans en avoir l'autonomie syntaxique ni sémantique, et le lien qui les rattache à la phrase précédente est de

1. Catherine Rouayrenc-Vigneau, thèse citée, p. 484.

l'ordre de l'intonation et du rythme plus que du sens. « Moi j'avais rien dit. Rien » (*V*, p. 15).

Bien que, sur ce point comme sur d'autres, Céline en soit encore à ses débuts, puisqu'il reste fidèle à la ponctuation traditionnelle ou peu s'en faut (les trois points font leur apparition en quelques courts passages), c'est sans doute par ces premières tentatives, encore latérales, de dislocation de la phrase écrite, que ce premier roman peut être considéré à plus juste titre comme l'inauguration de la prose célinienne.

11. LE PLURIVOCALISME

Le théoricien russe de la littérature Mikhaïl Bakhtine a attiré l'attention sur l'existence, dans les grandes langues nationales européennes, de sous-ensembles correspondant à des groupes sociaux déterminés, qui sont autant de langues dans la langue sous une apparence d'unité. Chacune n'est pas seulement un signe distinctif caractérisant les membres du groupe qui la parle, elle exprime, par rapport aux autres, un point de vue sur la société, sur le monde et sur la vie. Bakhtine ajoute que l'une des vocations du roman est de manifester ce plurilinguisme que les institutions centralisatrices ont toujours tendance à masquer ou à nier. Dans nos sociétés modernes de plus en plus complexes et mobiles, ce plurilinguisme peut lui-même se compliquer, lorsque des individus en viennent à réunir dans un même énoncé, parfois dans un seul mot, des marques de plusieurs de ces langues. Avec ces voix capables de jouer ces langues l'une contre l'autre, mais parfois aussi partagées ou divisées contre elles-mêmes, on a affaire au plurivocalisme.

L'œuvre de Céline offre aux hypothèses de Bakhtine un terrain d'étude privilégié. Ici encore, *Voyage au bout de la nuit* n'est que le commencement d'un mouvement qui s'accélérera dès *Mort à crédit* et se poursuivra au-delà. Mais, sous des formes simples, le plurivocalisme y est déjà un des fondements de l'écriture.

Le simple choix du français populaire tel que Céline le fait à la première ligne est en lui-même un acte de plurivocalisme. Il est une contestation du français officiel et de ce qu'il représente. Celui-ci resterait-il complètement absent du texte qu'il n'en serait pas moins en permanence, pour tout lecteur averti de l'histoire de la langue et de la littérature françaises, ce contre quoi le texte est écrit. Imprimées à cette place, les phrases très simplement populaires par lesquelles débute le roman suffisent à renverser l'idée implicite, entretenue des siècles durant, que le français officiel était la seule langue dans laquelle il était convenable d'écrire un roman (et, par l'intermédiaire d'un éditeur, de le proposer aux lecteurs) – une langue, en même temps, qui était le bien commun de tous, étrangère aux clivages sociaux. Contre elle, et contre les présupposés qui ont longtemps sous-tendu son emploi, l'ouverture de *Voyage* dresse une autre langue, qui est clairement celle d'un groupe, et du coup elle fait apparaître le français officiel comme la langue d'un autre groupe, dont celui-ci se sert pour maintenir ses privilèges. Le choix linguistique a d'évidentes implications politiques, et nul ne s'étonne, à la page suivante, de le trouver relayé par les propos « anarchistes » de Bardamu.

Au sein de la langue officielle existent des discours particuliers qui grossissent jusqu'à la caricature ce qu'il y a en elle de socialement marqué. L'un des plus évidents, et le plus sensible étant donné le point de départ du roman, est le discours patriotique. La langue populaire crée dans *Voyage* un contexte tel qu'il suffit de transcrire des échantillons de ce discours pour qu'il se dénonce lui-même. C'est ce que fait Céline dans des tirades telles que celles du professeur Bestombes. Mais le jeu des langues les unes par rapport aux autres va plus loin lorsque Bardamu, sur l'*Amiral Bragueton,* sauve sa peau en faisant sienne cette rhétorique, le temps de retourner la situation. Lorsque ailleurs Céline prête à des personnages des fragments d'un discours de conformisme bourgeois, il s'agit toujours de faire s'autodétruire un discours en le mettant en situation, à la fois dans l'histoire et dans la langue du récit. Selon leur longueur, ils apparaissent ainsi tantôt sous la forme de propos rapportés (telles les phrases de la bru Henrouille à l'adresse de l'abbé Protiste, lorsque, après la tentative d'assassinat, il vient au pavillon avec Bardamu : « Vous n'êtes pas de trop du tout, monsieur l'Abbé ! Vous surprenez une pauvre famille dans le malheur, voilà tout !... Le médecin et le prêtre !... N'est-ce pas ainsi toujours dans les moments douloureux de la vie ? », *V*, p. 434), tantôt dans des formules citées entre guillemets dans le récit du narrateur (ainsi « l'honneur de la famille » aux pages 91 et 332).

La coexistence de plusieurs langues dans le discours d'un seul personnage (ou dans celui du narrateur) ouvre la voie à des effets plus subtils et d'une inépuisable variété. Princhard, par sa désertion, a rompu avec l'ordre social auquel il appartenait jusqu'à ce moment, et il en tire les conclusions sur le plan de la langue en adoptant dans la plus grande partie de sa tirade un langage résolument populaire qui est de nature à détruire de l'intérieur les bribes du discours adverse qu'il reprend. Il suffit pour cela d'un synonyme et du mécanisme de l'anticipation dans une phrase comme celle-ci : « Elle s'est mise à accepter tous les sacrifices, toutes les viandes la Patrie » (*V*, p. 90). Mais Princhard est resté malgré tout professeur. Chez lui, la langue populaire n'exclut pas un recours de premier degré au vocabulaire le plus soutenu et même à la rhétorique capable de le mettre en valeur (« que dis-je ? », « Certes »). Ces marques préparent au passage la disqualification dont Bardamu frappera rétrospectivement les propos de Princhard, en les donnant pour un discours rédigé d'avance, mettant ainsi sous le signe de l'ambiguïté des idées qui sont les siennes.

Le patriotisme n'est pas seul à susciter, avec les moyens de la langue officielle, un discours qui s'emploie à masquer la réalité par les stéréotypes et par la rhétorique, et donc à appeler en retour cette utilisation

Louis Soutter : *Le salut du cheminot.* Courtesy Galerie Arteba, Zurich.

du plurivocalisme pour ramener à la réalité en dégonflant l'enflure. Deux phrases peuvent suffire à illustrer cette démarche, constante dans le roman. La première, dans le domaine du « sentiment de la nature » : « ... la surface, la profondeur de cette immensité de feuillages, de cet océan de rouge, de marbré jaune, de salaisons flamboyantes magnifiques sans doute pour ceux qui aiment la nature » (*V*, p. 221). Ces *salaisons* surgies au milieu de termes d'un français nettement littéraire peuvent s'expliquer soit par les couleurs, soit par l'influence, via un « salade » inexprimé, de ces laitues deux fois évoquées ailleurs (notamment les « frondaisons formant laitues » de la page 188 ; voir aussi p. 233). Quoi qu'il en soit, elles suffisent par leur trivialité à réduire à néant les évocations qui les entourent. Ce même rôle est joué, sur le mode cette fois de la grossièreté, par le mot *couillons,* dans cette autre phrase qui est, elle, consacrée au discours amoureux, à propos des bonnes qui se montrent sur un manège malgré le froid « parce que c'est le moment suprême, le moment d'essayer sa jeunesse sur l'amant définitif qui est peut-être là, conquis déjà, blotti parmi les couillons de cette foule transie » (*V*, p. 605).

Ce plurivocalisme d'opposition terme à terme est celui dont Céline tire le plus d'effets dans *Voyage*. Mais déjà il ne s'en tient pas là. Dès le premier moment où il a fait parler à Bardamu la langue populaire, il savait qu'elle n'est pas une. C'est celle des individus qui se sont affranchis à la fois du respect des lois et des convenances langagières, mais c'est aussi celle du peuple qui a intériorisé les présupposés de la hiérarchie sociale : timide, toujours prêt à protester de son innocence, condamné à une vision naïve des choses, faute d'instruction et de l'habitude de penser par soi-même. « Moi j'avais jamais rien dit. Rien. C'est Arthur Ganate qui m'a fait parler. » A partir de là, le roman aurait pu être l'histoire du passage de Bardamu d'un pôle à l'autre de cette langue, lié à sa découverte des réalités de la société et de la nature humaine. Cet itinéraire aurait fait de lui une sorte de Candide des temps modernes, conformément au parallèle avec le roman de Voltaire qu'esquissait au point de départ l'enrôlement du personnage dans l'armée. C'est dans cette direction qu'allait la version antérieure de la première séquence (voir p. 36). Mais, dans un second temps, poussé dirait-on par le génie de son intuition linguistique, Céline voit le parti qu'il pourrait tirer d'une interversion des rôles dans le dialogue. Une page à peine après ce début si défensif, il fait parler Bardamu selon l'autre esprit de la langue populaire, celui de l'affranchi : « ce grand ramassis de miteux dans mon genre, chassieux, puceux », leurs pères déjà « violés volés étripés et couillons toujours » (V, p. 16). Ce renversement dote le personnage et l'usage qu'il fait de la langue populaire d'une tout autre profondeur. Il substitue à la progression linéaire qui était celle de *Candide* une simultanéité infiniment plus complexe et plus troublante. La décision de bien dire, avant de « poser sa chique » et de « crever », « jusqu'à quel point les hommes sont vaches » n'est pas acquise au terme de l'apprentissage, elle est exprimée dès le début (*V*, p. 38), et les propos de Bardamu dans le dialogue initial montrent qu'elle ne date pas du moment où il s'est fait narrateur. Aussi bien conservera-t-il jusqu'au bout, au moment où on pourrait croire que la vie n'a plus de secrets pour lui, ce ton de naïf découvrant le monde et compensant par un ton sentencieux la conscience de cette naïveté : « Avec les mots on ne se méfie jamais suffisamment, ils ont l'air de rien les mots, pas l'air de dangers bien sûr, plutôt de petits vents, de petits sons de bouche, ni chauds, ni froids » (*V*, p. 610). La langue populaire est elle-même ici le lieu de ce partage intime qui peut jouer aussi à l'échelle des différentes langues qui coexistent dans le français, et qui est la forme la plus subtile du plurivocalisme.

Il joue ainsi sur les deux registres du populaire et d'un français de bonne compagnie dans le commentaire de Bardamu sur les gens qui crachent par terre au voisinage des banques de Manhattan : « Faut être osé » (*V*, p. 247). En lui-même, le verbe *oser* est du côté de la bonne compagnie (« Comment ose-t-il ? »). Il implique donc une réprobation. Mais l'emploi grammatical est au contraire populaire, à la fois par l'absence du pronom devant « Faut » et par le participe passé osé rapporté à une personne et non à un mot de la classe des inanimés. Dans cette seule phrase, Bardamu témoigne donc à la fois de son respect pour ses supérieurs sociaux auxquels il emprunte leur vocabulaire, et, par ses fautes de grammaire, de la distance, volontaire ou involontaire, qui l'en sépare. Mais il y a plus : derrière ce « Faut être osé », tout lecteur qui a une pratique vivante du français peut entendre un « Faut être culotté » dans lequel au contraire le verbe correspondrait à la tournure, et où l'admiration l'emporterait sur la réprobation. Des niveaux de langue enchevêtrés, des sentiments sans doute contradictoires à l'égard de la hiérachie sociale, et, en conséquence, l'appréciation ambivalente d'une action, tout cela, qui ne se laisse pas analyser dans le temps de la lecture, est pourtant perçu au passage et fait la saveur de la formule. Dans la prose des romans de Céline, on rencontrera de plus en plus de semblables accumulations en un même point de couches superposées de sens et de valeurs plurivocaliques. Elle leur devra son incomparable densité, comme aux couches de peinture le petit pan de mur jaune de Vermeer, dans la célèbre description de Proust.

12. LE RIRE MALGRÉ TOUT

Chez Céline, la première défense contre les maux que la société inflige à la majorité des hommes, et la condition humaine à tous, est à chercher dans le rire. Il n'est pas de situation si insupportable ou si extrême qu'elle ne fournisse malgré tout matière à ce rire, soit que la situation ait en effet un côté comique, soit qu'il le crée par la manière dont il en parle. Sous des formes dont quelques-unes lui sont propres, *Voyage au bout de la nuit* donne bien ici encore une note fondamentale de l'œuvre célinienne.

Rien ne distingue mieux Céline des livres qui traitaient avant lui de certaines atrocités du monde moderne, la guerre, divers aspects de la colonisation, la condition d'immigré, la condition ouvrière en usine, la vie dans la banlieue des grandes métropoles, etc., que ce comique qu'il y introduit. Même le front, même les nuits au front, finissent par y donner lieu. Parmi tant d'autres causes de panique, le bruit des chevaux et de l'équipement qui transforme les cavaliers en cibles, ce bruit « qui vous étouffe, énorme, tellement qu'on en veut pas » (*V*, p. 40), peut aussi bien, dès la page suivante, faire l'objet d'une plaisanterie : « Nous quatre cavaliers sur la route, nous faisions autant de bruit qu'un demi-régiment. » De la situation de bête aux abois acculée dans un lieu sans issue, qui est celle de Bardamu sur l'*Amiral Bragueton*, sort une des scènes les plus drôles du roman. Dans l'épisode suivant, la découverte d'un milieu naturel tout entier hostile à l'homme blanc, la déception de trouver ses frères de race aussi obtus, aussi rapaces en Afrique que chez eux, l'effroi et la fascination exercés par les Noirs sur un Européen isolé face à eux dans un coin de forêt tropicale, sont autant de points communs entre l'épisode africain de *Voyage* et le roman de Conrad *Au cœur des ténèbres*, que Céline avait sans doute lu. Mais rien ne les sépare plus que l'invention comique particulièrement vive que cet épisode déclenche chez Céline. Elle associe satire, scènes de comédie (le troc du caoutchouc), images d'absurde (les routes de l'ingénieur Tandernot, la fantasia sans armes des miliciens d'Alcide), et partout, dans le détail du texte, le comique verbal de rapprochements saugrenus et de jeux de langage (que peut illustrer la formule de Robinson parlant des chenilles de l'ère secondaire : « Quand nous viendrons d'aussi loin qu'elles mon ami que ne puerons-nous pas ? », *V*, p. 217). Les questions sur l'homme que pose Conrad à travers l'histoire de Kurtz ne sont pas étrangères à Céline, mais, au moment où la situation de Bardamu pourrait être le plus proche de celle de Kurtz, il lui prête cette phrase de récapitulation : « L'anarchie partout et dans l'arche, moi Noé, gâteux » (*V*, p. 226). Elle achève de situer les deux récits aux antipodes l'un de l'autre en ce qui concerne le choix décisif d'un ton.

Dans le comique de *Voyage*, la satire occupe une grande place. Deux choses la caractérisent : le rôle qu'y joue le langage, et le type d'individus qu'elle vise. Quand Bardamu a un compte à régler avec une catégorie sociale, il s'en prend d'abord au discours d'un de ses représentants, soit qu'il le laisse parler de lui-même après l'avoir mis en situation, soit qu'il le fasse venir se briser sur un mot appartenant à un discours antagoniste. L'effet le plus courant du plurivocalisme d'opposition qui est l'un des principes d'écriture de *Voyage* est le rire. Au terme d'un élan de rhétorique ou d'un alignement de stéréotypes, un seul mot populaire ou argotique suffit à la dénonciation. L'action est celle d'une épingle dans une baudruche. Les

Institut Pasteur. Le tombeau de Pasteur. Ph. Coll. Sirot-Angel.
« ... la tombe du grand savant Bioduret Joseph qui se trouvait dans les caves mêmes de l'Institut parmi les ors et les marbres. Fantaisie bourgeoiso-byzantine de haut goût. »

discours qu'attaque Céline dans *Voyage* ont en effet en commun de chercher à s'assurer un pouvoir sur autrui ou de poursuivre un intérêt personnel au moyen de l'enflure et du vide. Céline est électivement sensible à tout ce qui, dans le langage, peut servir d'instrument de domination. Il a d'extraordinaires formules pour qualifier les phrases des gens distingués, « mal foutues et prétentieuses, mais astiquées alors comme des vieux meubles. On a peur de glisser dessus, rien qu'en leur répondant » (*V*, p. 506), ou encore cet accent qu'ils gardent, même quand ils affectent de parler une langue populaire, cet accent qui a « comme un petit fouet dedans, toujours, comme il en faut un, toujours, pour parler aux domestiques » (*V*, p. 507). C'est ce qui donne son ton propre à cette satire des discours. Si le lecteur est si sensible à sa drôlerie, c'est qu'il la perçoit comme une réponse à la tentative, que chacun connaît pour y être soumis d'une manière ou d'une autre, de se servir du langage pour intimider, pour prendre autorité ou seulement pour se donner de l'importance. Sous une forme qui est encore simple et massive, Céline commence dans *Voyage* ce travail qui vise à affranchir le lecteur de toute crainte ou de toute révérence à l'égard des langages qui l'oppriment. Dans ce domaine, le rire qu'il fait courir tout au long de ses dénonciations les plus violentes est un rire libérateur.

Indépendamment des rapports de forces entre les individus, la société fait encore sentir son poids sur chacun en matière de langage par des interdits. Ainsi une convenance de politesse, inculquée par l'éducation, exclut-elle en société la mention des fonctions du corps. Tout un vocabulaire grossier, qu'en réalité chacun connaît, est mis au ban de la langue parlée « correcte », à plus forte raison écrite. De tout temps, la langue populaire s'est ainsi définie au contraire par la liberté, ou le plaisir, qu'elle donnait d'évoquer le corps et ses fonctions sans périphrase ni euphémisme. Céline ne manque pas de faire figurer ce registre, tant dans le domaine des organes sexuels que dans celui des fonctions d'évacuation, vomissement ou défécation. Or il est ici encore bien peu de lecteurs qui, à lire imprimées ces expressions qui désignent les réalités les plus universelles et les plus quotidiennes, n'éprouvent ce mélange de satisfaction et de gêne qui ne peut se résoudre que par le rire. Pour ne prendre qu'un seul exemple, qui reste insensible au discours de la mère Cézanne, l'une de ces vieilles femmes du peuple dont le langage est pour Céline une sorte de diapason, lorsqu'elle peine à déboucher les cabinets de l'immeuble ? Le morceau, on se le rappelle, s'achève sur la phrase : « Où j'étais avant, il a même fallu faire fondre un tuyau tellement que c'était dur !... Je ne sais pas ce qu'ils peuvent bouffer moi !... C'est de la double !... » (*V*, p. 341).

Le mot n'y est pas prononcé, mais, en vertu du précepte mallarméen, il n'en est que plus présent dans l'esprit du lecteur, et il est un facteur décisif du rire, auquel contribuent aussi l'arrière-plan des relations entre locataires et concierge dans le Paris d'hier et d'avant-hier, et le comique propre de l'hyperbole du tuyau à faire fondre.

Satire et fonctions du corps sont également associées dans le secteur particulier de l'onomastique. C'est l'une des originalités de *Voyage* à son époque (Céline y renoncera ensuite) que de recourir au très ancien comique de noms propres qui, au lieu de jouer leur rôle, comme c'est désormais la règle, en vertu de leur absence de signification, ont non seulement une signification, mais très souvent une intention comique, satirique (le général des Entrayes, le commandant Pinçon, le lieutenant de Sainte-Engeance, la Société Pordurière, etc.) ou obscène (l'*Amiral Bragueton*, San Tapeta, l'*Infanta Combitta*, etc.). Moins voyante et moins appuyée, la signification est encore à demi présente dans le nom de Bardamu. Aux oreilles de tout lecteur qui avait vécu à l'époque de la guerre de 1914, les deux syllabes *barda* suffisaient, plus peut-être qu'aujourd'hui, à évoquer la mise en marche vers le front d'un individu devenu soldat, sous le poids de l'équipement qu'il devait transporter. Aucun nom ne pouvait mieux convenir à celui qui donne lui-même le branle au malheur en emboîtant le pas à un régiment.

Il n'est même pas nécessaire qu'intervienne le signifié. Dès *Voyage*, le travail de Céline sur le langage est déjà tout entier tourné vers le comique. Les néologismes, en particulier, qu'ils soient de forme, d'emploi ou de sens – des Français *puceux* (*V*, p. 16) aux Noirs *pustuleux* (*V*, p. 184), des balles *pointilleuses* (*V*, p. 27) aux poires *urineuses* (*V*, p. 223), des patrouilles qui *cerclent* dans la nuit (*V*, p. 37) aux avenues de villes coloniales *trépignées* par des générations de *garnisaires* (*V*, p. 167) – opèrent chacun par rapport au lexique reconnu un déplacement à effet comique. Tout néologisme est à sa manière un jeu de mots ou avec les mots, même quand il n'est pas tiré vers la plaisanterie. Comme la langue tout entière, le lexique est un code que se sont donné les hommes d'une communauté. Prendre des libertés par rapport à ce code peut comporter un risque, mais c'est aussi surenchérir dans cette invention humaine dont le code est déjà le fruit. Il y a toujours une note d'allégresse dans le rire qu'un homme parvient à faire naître des moyens propres du langage.

On reste en deçà de la réalité la plus profonde de l'œuvre de Céline tant qu'on n'a pas pris en compte cette dimension comique déjà présente dans *Voyage*. Ce livre est l'un des premiers à témoigner d'une nouvelle alliance du tragique et du rire. Elle y prend la forme, destinée à plus de subtilité dans la suite de l'œuvre, d'un va-et-vient entre le tragique, ou même ici le pathos du tragique, et le rire. Par l'explicitation de ses commentaires, par l'usage qu'il fait de sa thématique, Céline exploite abondamment le pathos des conditions de vie ou de survie que le XXe siècle fait aux hommes sur trois continents, à travers lesquelles ils sont d'autant plus exposés, en la personne de Bardamu, au sentiment de l'impuissance de leur condition d'homme. Mais ce pathos vient constamment se heurter à une volonté contraire de faire jouer point par point toutes les possibilités du rire. Il n'y a rien, chez Céline, de plus profond et de plus personnel que ce ressac.

13. AU-DELÀ DE L'ORAL-POPULAIRE

La tonalité d'ensemble donnée au texte par les marques de langue populaire est si frappante qu'elle fait passer pour populaires des emplois ou des tournures qui ne le sont pas réellement. Du simple fait qu'elles ne sont pas conformes à la norme de la langue écrite, nous les situons spontanément du côté du populaire. Mais avons-nous jamais entendu des tournures comme : « je me pensais » (*V*, p. 23), « une galère bien ramée » (*V*, p. 234), « aller se faire trembler la carcasse » (*V*, p. 255), etc. ? Bien plus : il arrive à Céline de prendre un mot authentiquement populaire dans un sens qui n'est pas le sien. Quand il parle des remorqueurs « avides et cornards » du port de New York (*V*, p. 238), l'adjectif qu'il forme à partir du verbe *corner* prête à confusion avec son homonyme populaire qui signifie « cocu ».

Ces distorsions sont innombrables. En trois pages vers la fin du roman, on trouve coup sur coup les formules suivantes : « il faut fêter » (pour : se comporter comme quelqu'un qui est dans une fête), « je me conclus » (*V*, p. 601), boire une bouteille « en coup de trompette » (*V*, p. 602), « j'en ai rien remarqué aux autres » (*V*, p. 603), « la grelotter » (*V*, p. 604). Il arrive que la forte teneur du texte en langue populaire que nous sentons à la lecture de certaines pages soit due en partie à de la fausse monnaie. Non seulement Céline ne transcrit tel quel aucun discours populaire, mais il utilise certaines tendances de cette langue pour aller au-delà de sa réalité attestée. Qu'elle soit caractérisée par une invention néologique plus spontanée et plus riche que celle de la langue écrite ne garantit pas, malgré l'apparence, que tous les néologismes que l'on trouve dans le texte de Céline soient populaires ni même d'inspiration populaire (dans le petit nombre d'exemples précédemment cités, pensons seulement, à côté de la série des adjectifs en *-eux*, à un verbe comme « cercler » et à un substantif comme « garnisaire »). L'anticipation et la reprise par un pronom sont bien des phénomènes populaires, et plus largement oraux, et ils tendent bien à segmenter la phrase, que l'économie de l'écrit tend au contraire à souder. Mais la dislocation à laquelle en arrive Céline dans certains passages de *Voyage* va bien au-delà de cette segmentation élémentaire. Quel que soit l'effet qu'il tire de la langue populaire, de son statut d'exclusion par rapport à la langue écrite, et donc de son opposition de fait à cette langue, il ne s'en contente pas, il la dépasse dans des directions qu'il perçoit en elle.

La langue populaire veille moins que la langue écrite à la netteté et à l'univocité du sens. On a toujours, en parlant, la possibilité de préciser ou de rectifier en cas de besoin le sens d'un premier énoncé. L'intonation peut toujours remédier à une ambiguïté de construction. Une impropriété de vocabulaire est réparable dès lors que le locuteur s'assure du regard que son auditeur comprend au fur et à mesure « ce qu'il veut dire ». Mais ces tournures orales ainsi ambiguës ou approximatives, lorsqu'elles sont imitées à l'écrit, y tirent plus à conséquence. La démarche de l'écriture consiste précisément à éliminer ce genre d'ambiguïtés et d'approximations. Les laisser subsister dans un texte – c'est-à-dire en réalité les y introduire –, c'est y créer des effets d'ampleur variable, dont quelques-uns touchent à la nature même d'un emploi littéraire de la langue.

On est encore au niveau de la plaisanterie lorsque Bardamu, évoquant ses relations avec Lola, écrit : « Dès que je cessais de l'embrasser, elle y revenait, j'y coupais pas, sur les sujets de guerre » (*V*, p. 71). Le pronom *y* dans « elle y revenait » étant d'abord spontanément rapporté à la proposition précédente, l'incise crée un effet comique qui reste acquis même lorsque le lecteur a rectifié en comprenant qu'il était une anticipation de « sur les sujets de guerre ». Mais il ne s'agit déjà plus seulement de plaisanterie lorsque Bardamu écrit, cette fois à propos de Musyne : « Des militaires terrestres la ravissaient à tour de bras, des aviateurs aussi » (*V*, p. 103), ou encore que la même Musyne savait mettre le récit de ses prétendus exploits guerriers « dans un certain lointain dramatique », alors que « nous demeurions nous combattants, en fait de fariboles [...] grossièrement temporaires et précis » (*V*, p. 107). « Terrestres » et « temporaires » sont des impropriétés que le lecteur comprend, la première rétrospectivement, lorsqu'il en arrive au mot « aviateur », au sens de « qui appartient aux armées de terre », la seconde, par opposition au lointain dramatique, au sens de « trop soucieux de situer ses récits dans le temps ». Mais il n'est pas indifférent que les combattants soient dits ainsi, à quelques pages d'intervalle, « terrestres » et « temporaires », fût-ce par impropriété. Dans leur contexte immédiat, les adjectifs ont été employés en dehors de leur sens reçu, mais ce sens subsiste par-delà celui que ce contexte exige, et il n'est pas sans pertinence. Par des gauchissements de ce genre, qui peuvent passer pour les maladresses d'un locuteur insuffisamment « sûr de sa langue », Céline étend l'effet que la langue écrite correcte tire déjà de la polysémie des mots.

Il n'est même pas nécessaire qu'il y ait faute contre la norme pour faire obstacle à la compréhension immédiate, il suffit de cette inattention aux effets de l'ordre des mots que le locuteur peut se permettre sans conséquence à l'oral. Regrettant de n'être pas en prison plutôt que sur le front, que n'aurais-je pas donné, s'exclame Bardamu, « pour avoir, par exemple, quand c'était si facile, prévoyant, volé quelque chose » (V, p. 25). La succession des deux adjectifs est, comme le disent les grammairiens, amphibologique, du fait qu'ils n'ont pas la même fonction ; le premier est attribut, le second apposition à valeur circonstancielle. Cette succession résulte du maintien de deux tours de phrase également possibles (« pour avoir, quand c'était si facile », « pour avoir, prévoyant »), mais qui n'étaient pas compatibles tels quels. Encore, dans un exemple comme celui-là, le lecteur un instant arrêté peut-il faire la mise au point qui s'impose. Mais il arrive qu'il soit mis en présence de deux possibilités entre lesquelles il ne peut choisir. Cet indécidable peut résulter soit de particularités de ponctuation, notamment de l'élimination de certaines virgules (« Ils en prenaient eux les gens de la fête », *V,* p. 603 : « en prenaient de la fête », ou « gens de la fête » ?), soit de la superposition de deux tournures qui ne s'excluent pas l'une l'autre et qui sont rendues indissociables par la présence d'un élément commun (les officiers coloniaux de l'*Amiral Bragueton,* « après tout, c'étaient des vaincus tout de même que moi ces Matamores », *V,* p. 152 : « vaincus tout de même » ou « de même que moi » ?).

Dès *Voyage,* Céline commence aussi à explorer une autre manière de prendre de la distance par rapport au sens. Elle consiste à laisser le signifiant jouer son rôle propre dans la formation de la chaîne verbale par la répétition exacte ou approchée de phonèmes présents dans le contexte précédent. Rien n'est plus constant ni plus naturel à l'oral que d'entendre ainsi les phonèmes s'appeler l'un l'autre. Mais, à l'écrit, l'apprentissage de la rédaction nous a habitués à privilégier le sens, sa clarté et sa précision. De ce fait, quand nous rencontrons dans un texte ces séquences de phonèmes identiques, l'interprétation peut aller dans deux directions opposées, mais non toujours exclusives. D'une part la nécessité ainsi acquise par le signifiant, dans la mesure où elle coïncide avec la logique du signifié, définit un usage supérieur, poétique, de la langue. Mais d'autre part (ou en même temps) peut se faire jour

Illustration de Gen-Paul pour *Voyage au bout de la nuit,* Denoël, 1942.
Ph. R. Lalance/Éditions Gallimard © S.P.A.D.E.M., 1991.
« On manque de presque tout ce qu'il faudrait pour aider à mourir quelqu'un. On a plus guère en soi que des choses utiles pour la vie de tous les jours, la vie du confort, la vie à soi seulement, la vacherie. »

le soupçon que tel mot s'est imposé d'abord ou surtout du fait qu'il entrait dans la séquence phonique, c'est-à-dire par l'effet de ce que nous ne pouvons pas ne pas percevoir comme un automatisme. Par là, le constat d'un enchaînement sur le plan du signifiant peut creuser une sorte de vide entre le mot et son signifié.

Ces enchaînements ne sont pas rares dans *Voyage*. Ce ne sont parfois que de simples allitérations (« Il s'en tortillait de trotter », *V*, p. 39), mais ils peuvent aussi être d'une ampleur et d'une portée beaucoup plus grandes. Il y a sans doute peu d'exemples d'une conjonction aussi suggestive de l'enchaînement phonique et d'un sens, voulu ou non, que cette séquence en forme de définition : « cette corolle de chair bouffie, la bouche » (*V*, p. 426), où le *ch* de « chair » et le *bou* de « bouffie » semblent proprement engendrer le mot « bouche », avec toutes les conséquences qui s'ensuivent pour le sens. Ce même enchaînement, au lieu d'être immédiat, peut être différé. Lorsque, dans une longue évocation par Robinson du bruit fait par les nègres de Bikomimbo, le lecteur rencontre à plusieurs lignes d'intervalle les propositions : « ils font du bouzin comme dix mille », « Moi je les bousillerais tous d'un bon coup », « ils peuvent toujours se gargariser [...] les peaux de boudins » (*V*, p. 213-214), il ne peut que relever, s'il est attentif à ces phénomènes, la parenté phonique des trois mots *bouzin, bousiller* et *boudin,* parenté qui n'est pas, ici non plus, sans conséquence pour le sens.

La fameuse description de New York offre un exemple dans lequel le phénomène est intimement associé à la réussite littéraire. Pour mesurer à quel point la description est renouvelée par le qualificatif dans la formule « ville absolument droite », il suffit de le comparer à l'adjectif « vertical » qu'emploie à plusieurs reprises Paul Morand dans un passage analogue [1]. Or « droite » apparaît dans le texte à la suite d'un emploi purement homonymique : « on s'est mis à bien rigoler, en voyant ça, droit devant nous... Figurez-vous qu'elle était debout leur ville, absolument droite » (*V*, p. 237). A partir de là peut se dérouler une progression sémantique : ce qui est droit, c'est ce qui n'est pas « couché », pas « allongé », qui « n'attend pas le voyageur », qui ne se « pâme » pas. Cette série de termes, dûment associés à la répétition du nom féminin *ville* et du pronom *elle,* a suffisamment suggéré un rôle et une position de femme dans l'amour pour que les gratte-ciel de Manhattan imposent par opposition une image d'érection. Mais le mot qui, au terme de la progression, va être chargé de cette image, l'adjectif *raide* (« elle se tenait bien raide »), est encore, lui aussi, dans une relation de parenté phonique avec le *droit* initial *(droit, debout, raide).*

On peut trouver dans les textes littéraires à n'importe quelle époque des phénomènes de ce genre. Ce qui fait la nouveauté de Céline, c'est que chez lui ils ne sont pas seuls. D'autres témoignent avec eux d'une même volonté plus ou moins consciente de réduire au profit des autres dimensions du langage la part faite au sens. Beaucoup des voies selon lesquelles Céline réalise ce débordement se situent dans le prolongement de la

[1] Paul Morand, *New York,* Flammarion, 1930, p. 36.

langue orale-populaire qu'il s'est donnée. C'est là un aspect moins voyant mais non moins important de ce choix fondamental.

14. « TOUT CELA EST DANSE ET MUSIQUE »

Cette distance prise par rapport au sens est étroitement liée à la poursuite d'un rythme, hors duquel, pour Céline, il n'est pas d'écriture. L'écrivain, pense-t-il, n'a rien fait tant qu'il n'est pas arrivé à manifester et à communiquer au lecteur grâce à ce rythme la réaction intime que les mots et les réalités qu'ils désignent provoquent en lui. Il n'écrit en ce qui le concerne que pour faire passer cette vibration, en même temps que le sens quand c'est possible, à ses dépens au besoin. Qu'à certains endroits du texte le sens se soit estompé parce qu'à ce moment le rythme a pris le pas sur lui, ou que Céline l'ait volontairement laissé dans le flou pour que le lecteur reste disponible à l'écoute du rythme, ce passage du sens au second plan ne fait que mettre davantage en évidence une recherche qui est permanente.

Notre lecture désormais silencieuse ne va pas sans une prononciation intérieure. De même que, selon la formule de Malraux, nous entendons avec notre gorge les mots que nous prononçons, il y a en nous une oreille qui entend une prononciation muette des phrases que nous lisons. Comme l'autre, cette prononciation est faite de la réalisation des phonèmes et de leur enchaînement, d'une intonation, d'une variation d'intensité et d'un débit. L'intonation monte et descend, la voix intérieure reste égale puis accentue, elle module ou s'exclame, le débit s'accélère puis se ralentit. Dès *Voyage au bout de la nuit,* Céline est décidé à faire une musique des changements de ces diverses composantes dans le temps, de leur situation les unes par rapport aux autres, de leurs crescendos et de leur decrescendos respectifs. (C'est ce qu'il appellera plus tard sa « petite musique », d'une formule désormais constamment associée à son nom, trop souvent comme un simple stéréotype.)

On risque toujours de rester dans un jeu verbal lorsqu'on parle du langage en termes de musique. Pour que la métaphore prenne son sens, il faut s'astreindre à distinguer dans le détail du texte les facteurs qui contribuent à cette musique, c'est-à-dire à la mise en forme d'une matière sonore. Le sens et la syntaxe réunissent les mots en groupes, dont certains sont matérialisés par la ponctuation. Ce sont eux d'abord, plus ou moins longs, allongeant la mesure ou la diminuant, qui donnent son pas à la lecture. Mais la longueur de groupes n'est pas seule en cause. Le signifiant de mots qui les composent y intervient aussi bien (notamment dans les finales, par l'effet de clôture ou de prolongement qu'elles créent selon qu'elles sont masculines ou féminines), et même leur signifié, qu'on pourrait d'abord croire étranger à ce phénomène du rythme. Chacun peut pourtant vérifier sur lui-

Paris. Photo Brassaï. © G. Brassaï.

même qu'il ne prononce pas mentalement à la même vitesse tous les groupes de mots d'un texte qu'il lit. Certains sont chargés de telle sorte qu'il n'est pas question de passer sur eux comme sur les autres. Pour ceux qui n'ont qu'un sens intellectuel, le déchiffrement est instantané. Mais d'autres sont de nature à ralentir la lecture, le temps que se résorbe l'effet qu'ils ont eu sur nous par eux-mêmes. Il ne s'agit pas seulement des mots qu'on nomme précisément « évocateurs » pour les images qu'ils font lever dans notre esprit, mais aussi de ceux que nous ressentons comme des chocs du fait de leur brutalité ou de leur obscénité, ou encore de ceux qui ont déclenché en nous un rire ou un fou rire intérieur. *Voyage au bout de la nuit* ne manque ni des uns ni des autres. La suggestion d'oralité dans son ensemble, et en particulier l'effort de dislocation de la phrase écrite et le phénomène des « phrases rythmiques » sont là, on l'a vu, pour permettre à ces mots de pleinement retentir sur le rythme du texte.

Céline est le premier à souligner cet aspect de son travail. Dès février 1933, il écrit à John Marks, son traducteur anglais : « Tâchez de vous porter dans le rythme *toujours dansant* du texte. [...] Tout cela est danse et musique [1]. »

« Ne laissez pas tomber l'entrain », lui dit-il encore. Si le rythme est sensible de bout en bout dans *Voyage,* il n'est pas certain en revanche que l'entrain soit ce qui le caractérise partout. Mais il est bien, pour Céline, le rythme de prédilection qu'il voudrait imprimer à tout ce qu'il écrit. Dans la description qu'il fait, au milieu du livre, de la manière de parler

[1]. Lettre à John Marks du 22 février 1933. Extrait cité dans François Gibault, *Céline,* t. II, p. 79.

de la vieille Henrouille, il faut sans nul doute voir une mise en abîme de la manière dont lui-même voudrait écrire : « sa voix [...] reprenait guillerette les mots [...] et vous les faisait sautiller, phrases et sentences, caracoler et tout, et rebondir vivantes tout drôlement » (*V*, p. 324).

Une écriture qui, quel que soit le sujet, parviendrait à rester guillerette et à tirer, de la vie et des mots, leur drôlerie, voilà le but que Céline ne cessera de poursuivre au-delà de *Voyage,* en s'inventant une cadence puis en diversifiant et perfectionnant toujours son emploi.

Écrivant à John Marks, Céline ajoutait encore que cette danse du texte doit être « toujours au bord de la mort, ne pas tomber dedans[1] ». Extraordinaire formule, qui va à l'essentiel en une métaphore dont le sens, comme celui de toute vraie métaphore, est inépuisable. Pour ce qui est de la situation par rapport au sens, l'écriture telle que Céline la conçoit est guettée par la mort sous deux formes symétriques : la première si elle se contentait de donner un sens à déchiffrer, à l'aide de mots qui ne seraient que justes et d'une syntaxe qui ne serait que rigoureuse ; la seconde, si, à force de prendre de la distance par rapport au sens et de le concurrencer par le rythme, elle tombait dans l'inintelligible. Par cette métaphore, Céline définit une fois pour toutes l'étroit passage entre ces deux abîmes sur lequel ne doit cesser de se tenir l'écriture. À ce prix, elle pourra être, dans une vie constamment rongée par la pensée de la mort, le seul présent réellement vécu.

Le recours à l'argot, vocabulaire jusqu'à

1. La lecture « bord » au lieu de « bout » est donnée d'après le manuscrit (collection E. Mazet).

un certain point périssable, est un autre de ces points de contact avec la mort, et le comique a aussi à voir avec elle. L'écriture célinienne a bien des manières de se tenir au bord de la mort, de la frôler en l'évitant. Là est le cœur de cette étroite correspondance des formes de l'écriture et des formes de l'imaginaire qui en fait un style. Comment l'aurait-il mieux dit qu'en définissant ce style comme danse, c'est-à-dire par le mouvement qui pour son imaginaire est la victoire même, dans l'instant, de la vie sur la mort ?

CONCLUSION

Voyage au bout de la nuit est de ces livres auxquels on a tendance à réduire leur auteur. La nouveauté radicale du ton, le scandale produit au moment de la publication, la longueur même du roman et ses aspects de somme, donnent aisément l'impression que Céline a dit en une fois tout ce qu'il avait à dire. Pourtant, il est loin d'y être tout entier contenu. Si, comme il est naturel, son œuvre à venir y est en effet présente sous tous ses aspects, pour chacun elle n'y est qu'à son début, parfois seulement en germe.

Voyage est le premier roman d'une œuvre romanesque qui en comprendra huit : *Mort à crédit, Casse-pipe, Guignol's band, Féerie pour une autre fois, D'un château l'autre, Nord* et *Rigodon*. Bien que chacun de ces volumes ait une autonomie, ils n'en forment pas moins un seul ensemble, dans la mesure où ils apparaissent de plus en plus explicitement comme la transposition romanesque des moments marquants d'une seule vie, celle de l'auteur. De ce premier point de vue, *Voyage* est dans une situation particulière, puisque le nom fictif de Bardamu semble couper tout lien entre l'histoire racontée et l'expérience de l'auteur (quelles que soient les suggestions de convergence multipliées en marge du texte). Racontant dans *Mort à crédit* l'enfance du même héros-narrateur, Céline fera disparaître le nom de Bardamu pour ne conserver que le prénom de Ferdinand, qui permet une semi-identification avec son pseudonyme. Par la suite, dans ses romans d'après-guerre, il mentionnera au passage comme siennes les expériences évoquées dans *Voyage*, faisant comme si le nom de Bardamu n'avait jamais existé. Mais *Voyage* reste encore un cas à part en ce que l'histoire y comporte un début et une fin, aussi nettement marqués l'un que l'autre. Les romans suivants au contraire, récits chacun d'un ou de plusieurs épisodes d'une vie qui s'est continuée jusqu'au moment où le narrateur la raconte, ne pourront jamais être que suspendus. *Voyage* continue donc à se prêter aussi bien à deux lectures, soit comme un tout qui se suffit à lui-même, soit comme premier élément d'un ensemble. Ce statut particulier serait plus sensible encore si Céline avait achevé *Casse-pipe*, le roman dans lequel il comptait revenir sur l'expérience de la guerre dont il avait fait, déjà, l'ouverture du *Voyage*.

L'indubitable volonté d'écrire avant tout un roman est contrebalancée dans *Voyage* par un besoin d'exprimer des convictions sur un certain nombre de sujets, dont témoignent toutes les assertions, les aphorismes et les jugements de valeur qu'il contient. Par là, *Voyage* peut aussi être mis en perspective avec les pamphlets de Céline. Premier livre publié, il est à la croisée des chemins. Dans les mois qui suivent sa publication, Céline optera pour le roman en concevant un cycle de trois romans dont *Mort à crédit* est le premier. Mais une conjonction d'événements collectifs et privés redonneront en 1936 le pas au besoin de dire ce qu'il pense. Ce sera cette fois sur des questions d'actualité et pour peser sur le cours de l'histoire, dans une intention d'abord pacifiste, mais qui déchaîne en lui le pire des racismes. Ces prises de position chargent rétrospectivement pour nous les vues « philosophiques » parsemées dans *Voyage* de plus de poids qu'elles n'en auraient sans doute en elles-mêmes dans l'économie du roman.

L'énorme retentissement de *Voyage* en 1932 était dû pour une bonne part à la rupture qu'il réalisait avec la langue écrite jugée pendant trois siècles seule digne de la littérature. Céline y faisait la preuve du contraire en travaillant un fonds de langue populaire pour s'en faire un style. Mais, si invention d'un style il y a dans *Voyage*, cette invention est encore en cours. *Mort à crédit* sera sur ce plan une sorte de seconde naissance. Non seulement Céline s'y délivrera de ces bribes de langue littéraire et même « poétique » qui s'imposent encore à lui par moments dans *Voyage*, mais surtout, en généralisant les trois points et en les substituant aux signes traditionnels de ponctuation, il brisera le cadre de la phrase, fondement de toute la langue écrite. A partir de là, de nouvelles possibilités se découvriront à lui, notamment pour le rythme. La véritable prose célinienne n'est pas encore dans *Voyage*. Céline est de ces artistes qui découvrent d'œuvre en œuvre jusqu'à la fin leur style le plus personnel. (Le texte de la préface à la réédition de 1949, donné dans la collection Folio aux pages 13-14, entre l'avis liminaire de 1932 et le texte du roman, permet de mesurer l'évolution stylistique de Céline entre ces deux moments.)

Lorsque, dans ses dernières années, on lui demande son opinion sur son premier livre, lui-même trouve le style « encore trop vieillot et trop timide », « c'est encore "Paul Bourget" plus qu'à moitié [1] ». Mais il n'est pas moins conscient que *Voyage* est le point de départ de son œuvre, c'est-à-dire aussi de sa rupture avec la tradition littéraire et la philosophie auxquelles il s'oppose. Lorsque, dans cette préface de 1949, il déclare : « C'est pour le *Voyage* qu'on me cherche ! [...] C'est le compte entre moi et "Eux" ! au tout profond... pas racontable... On est en pétard de mystique » (*V*, p. 13), l'affirmation n'est pas seulement pour lui un moyen d'esquiver la responsabilité des pamphlets, dans ce premier texte qu'il publie depuis la fin de la guerre. Dans la mesure où il avait posé dans *Voyage* la question du mal dans l'homme, sous la forme d'un besoin de tuer et d'être tué, il avait rompu de ce point de vue philosophique avec tous ceux qui voulaient conserver leur foi en l'homme, ou qui en tout cas, dans ces années trente, se sentaient tenus par l'Histoire de parier sur lui.

Est-on au comble du paradoxe, ou de la provocation, lorsque Céline affirme avoir écrit le seul roman de « communisme d'âme » ou de « communisme intime » qui ait jamais été écrit ? Cette revendication polémique remonte à 1937 dans *Bagatelles pour un massacre*[2]. Après la guerre, Céline la reprendra plusieurs fois dans sa correspondance (*R I*, p. 1284-1285), et pour finir dans *D'un château l'autre*[3]. Elle n'a pas manqué de provoquer des réactions. Mais au-delà de la polémique, il reste que le mot

1. R. Poulet, *Mon ami Bardamu*, Plon, 1971, p. 75, 78.

2. *Bagatelles pour un massacre*, Denoël, 1937, p. 82.

3. *D'un château l'autre*, *Romans*, t. II, p. 277.

Frans Masereel : *Désespoir*. Coll. particulière. Ph. Éditions Gallimard.

de communisme, avant de prendre le sens historique et politique qu'il a eu de 1917 à la fin des années quatre-vingt, a désigné plus largement la volonté la plus radicale de lutte contre l'inégalité. Quand Céline l'applique à *Voyage,* il ne fait rien d'autre qu'exprimer sa conviction d'avoir été plus loin que d'autres, en appelant les pauvres à résister en eux à une oppression qu'ils ne perçoivent même plus comme telle, et en prêchant d'exemple par l'écriture de son roman.

Voyage au bout de la nuit a beau ne pas être, et pour cause, le plus achevé des romans de Céline, il reste celui auquel son nom est légitimement le plus attaché. On ne saurait guère conseiller d'aborder l'œuvre par d'autres que par lui, quitte à goûter dans les romans suivants le développement progressif du style, du comique, de l'innovation narrative, et le déploiement de l'imaginaire. Soixante ans après sa publication, il garde l'aura dont s'entoure une première œuvre chaque fois qu'un écrivain se révèle soudain porteur d'un sentiment personnel du monde et de la vie, né des visages qu'ils prennent à son époque, et qu'il invente pour le dire un langage nouveau.

Le nom même de Bardamu, qui maintient le personnage à distance de celui de Céline, contribue à faire de lui une des figures mythiques du XXe siècle. Sa première caractéristique est d'être en butte à toutes les violences de l'histoire. Celle-ci n'est plus pour lui, comme pour le Stephen Dedalus de Joyce, un cauchemar dont il chercherait à s'éveiller, elle est ce qui l'écrase, ce fardeau, ce barda sous le poids duquel il faut encore trouver moyen de se mouvoir. La guerre, première des violences auxquelles il a à faire face dans le roman, est la révélation de la nature profonde commune à toutes celles qu'il a subies avant elle, et à toutes celles qu'il subira après. Bardamu en tire un sens de la détresse humaine qui par la suite fera dans certaines occasions tragiquement défaut à Céline. Mais ce qui distingue déjà Bardamu d'autres figures en proie comme lui aux agressions, c'est qu'il ressent aussi bien en lui cette violence essentielle. Il est même prêt à la retourner, et pas seulement contre ceux qui l'exercent contre lui. Au-delà des tenants et des profiteurs de l'ordre social, son agressivité vise aussi bien ceux qui ont sur l'homme des illusions qui ne font selon lui qu'aggraver les choses. Le premier atteint est en tout état de cause le lecteur, qu'il fasse ou non partie des uns ou des autres, Bardamu ayant fait de cette agressivité la dominante de son ton, et Céline un principe de son style.

Les violences sont bien celles du siècle, mais l'histoire n'est pas seule en cause. L'imaginaire dans la lumière duquel elle est prise ici lui fait une ombre portée qui la prolonge jusque sur le terrain métaphysique de la question du mal dans l'homme et du sens de la vie humaine sur la terre. Bardamu n'échappe aux dangers, aux pièges, et aux formes insupportables de vie dont l'assiège l'histoire de son temps, que pour retrouver le pessimisme de quelqu'un qui, ne croyant plus ni en Dieu ni en la raison, n'arrive pas non plus à suffisamment dépasser les déceptions de son expérience pour miser sur l'homme. Mais, de cette face noire du siècle et de ce pessimisme, il entreprend pourtant de faire une œuvre qui s'adresse aux hommes, écrite avec des ressources neuves qu'il trouve dans leur langage, une œuvre telle qui plus est qu'elle fait appel également en eux à un sens du tragique et au pouvoir, qui leur est propre, de trouver la force d'en rire.

DOSSIER

I. BIOGRAPHIE

A. LA NOTICE BIOGRAPHIQUE DE L'ÉDITEUR EN 1932.

Céline.

Né à Courbevoie en 1894.

Famille de petits-bourgeois, mère tenait un commerce de dentelles au passage Choiseul, le père était dans les assurances.

Il dessinait.

Enfant difficile, beaucoup d'écoles, séjour en Angleterre dans une pension.

A travaillé dans le Sentier chez un de ses oncles (soierie). Puis un grand bijoutier de la rue de la Paix. – Puis chez H. de Graffigny, inventeur qui faisait des ascensions en ballon libre dans la banlieue parisienne.

S'est engagé en 1913 aux cuirassiers à Fontainebleau. A fait la guerre, blessé en 1914. Réformé en 1915 et médaillé militaire.

Vit à Londres quelques mois. Part ensuite pour l'Afrique. Revient en France, fait ses études médicales à Rennes. Reçu docteur avec la médaille d'or.

Se marie. Entre à la S.D.N. – Voyage en Amérique Nord et Sud – travaille chez Ford. Inspecte les hôpitaux, quitte la S.D.N. S'installe à Clichy, est nommé au dispensaire.

Publie son premier livre.

Cette notice dactylographiée retrouvée dans les archives de la maison Denoël rassemble selon toute probabilité les informations diffusées auprès des critiques au moment de la publication du roman. Elle ne peut avoir été établie qu'à partir des indications de Céline lui-même, et pour cette raison intéresse par sa relative exactitude. Elle fait apparaître le parallélisme de l'histoire de

Céline avec celle qu'il prête à Bardamu (et qu'il prêtera au Ferdinand de *Mort à crédit*). Chacune des grandes étapes du roman s'y retrouve : guerre, blessure, réforme, séjour en Afrique, voyage en Amérique du Nord, exercice de la médecine dans la banlieue parisienne. Cette esquisse ne pouvait donc, dès 1932, que suggérer, malgré le nom fictif du personnage-narrateur, le caractère autobiographique du récit. Céline confère ainsi indirectement à son premier roman le statut ambigu qu'il accentuera encore dans les romans suivants. Les épisodes et les personnages ont presque tous une origine dans l'expérience vécue, et Céline prend le soin de l'attester lui-même, mais ils sont transposés par l'imaginaire de telle sorte qu'ils ne relèvent pas moins du roman.

Cette transposition commence ici avec la substitution à la première ligne du nom de plume Céline (prénom de sa grand-mère maternelle) à son nom d'état civil Louis Destouches.

En ce qui concerne les faits transposés dans *Voyage*, la seule distorsion importante est l'affirmation du travail chez Ford. Céline n'avait fait que visiter l'usine de Detroit les 5 et 6 mai 1925 à la tête d'une mission de médecins hygiénistes envoyés par la Société des Nations.

L'engagement situé ici en 1913 datait en réalité de l'automne 1912 (Louis Destouches avait dix-huit ans), et le régiment de cuirassiers avait ses quartiers non à Fontainebleau mais à Rambouillet.

Louis Destouches avait été blessé le 27 octobre 1914 en Flandre belge, d'une balle qui lui laissera le bras droit durablement affaibli. Il en conservera également sa vie durant des troubles de l'audition.

Il avait été soigné sur place d'abord à l'hôpital d'Hazebrouck, puis à Paris, successivement au Val-de-Grâce, dans un hôpital auxiliaire du boulevard Raspail, à l'hospice Paul-Brousse de Villejuif et à l'hôpital annexe de Vanves.

Son séjour en Afrique se situe au Cameroun de la mi-juin 1916 au mois d'avril 1917. A partir de septembre 1916, il assure la gérance d'une plantation à Bikomimbo. Cette période de sa vie est connue par les lettres qu'il envoyait du Cameroun à ses parents et à des amis (Lettres d'Afrique, *Cahiers Céline*, 4).

Les études de médecine avaient été faites à Rennes de 1920 à 1922 puis à Paris en 1923-1924. Après avoir travaillé à la Section d'hygiène de la Société des Nations, il avait ouvert un cabinet de médecine à Clichy en novembre 1927 avant d'être nommé au dispensaire municipal en janvier 1929.

(Ce fonds autobiographique de l'histoire prêtée à Bardamu n'exclut pas que Céline tire parti de l'expérience d'autrui. P. Lainé a signalé le cas curieux d'un homme que Céline avait rencontré en 1928 et qui avait eu, étape après étape, quelques années après lui, un itinéraire parallèle au sien. Frappé de ce parallélisme, il pourrait s'être aidé de ces confidences pour transformer sur quelques points son histoire en celle de Bardamu ; voir Céline, *Lettres à Joseph Garcin*, Librairie Monnier, 1987, p. 95-121.)

B. LE TÉMOIGNAGE D'ELIZABETH CRAIG : CÉLINE À L'ÉPOQUE OÙ IL ÉCRIVAIT *VOYAGE*.

Depuis 1988, année où Alphonse Juilland retrouva en Californie Elizabeth Craig, compagne de Céline de 1926 à 1933 et dédicataire du roman, nous disposons d'un témoignage unique sur la manière dont il fut lui-même transformé par l'écriture.

Tout a commencé quand il a décidé d'écrire son livre, environ deux ans après notre rencontre, quand nous avons déménagé rue Lepic. [...] Les deux ou trois premières années, c'était quelqu'un de différent. A Genève nous allions skier, il m'apprenait à skier et à patiner, nous nous amusions. [...] Je me suis souvent

Louis Destouches à la fin de l'été 1932. Coll. C.W. Nettelbeck. Ph. N.

demandé ce qui l'avait rendu si déprimé et déprimant quand nous sommes revenus à Paris. [...] Il avait travaillé dans ce dispensaire, et j'ai l'impression que c'est toute la misère et toutes les maladies qu'il a vues là qui l'ont transformé. C'était dur de l'en sortir. Il reprenait de l'allant pendant un moment, puis il se comportait comme si en s'amusant il délaissait sa vraie vocation. Il me disait : « Il faut que je pense à ceci ou à cela », ou bien « Il faut que j'écrive un moment. » Il allait dans son bureau, et quand il ressortait, c'était quelqu'un de complètement différent. Il vous fixait avec sur le visage un air désespéré qui vous donnait envie de pleurer. Il me regardait avec l'air de dire : « Tu ne comprends rien, tu ne sais pas combien la vie est tragique. » Louis désirait vous faire prendre part à cette tragédie. [...] Aussitôt qu'il fermait la porte de son bureau, il devenait un autre homme. De temps en temps, j'ouvrais la porte pour lui apporter des biscuits. « Est-ce que tu n'as pas faim ? Tu ne veux pas prendre un café avec moi ? Je ne t'ai pas vu depuis des heures ! » Il me regardait comme s'il me reconnaissait à peine, puis il souriait gentiment. « Je vais sortir dans un moment. » Penché sur ses papiers, il avait l'air d'un vieillard, son visage semblait vieux, tout en lui semblait vieux. Je me demandais : « Est-ce que c'est Louis ? » [...] Il me donnait l'impression d'avoir peur de se relâcher, de se laisser aller à croire qu'il y avait de la beauté dans la vie. A la minute où je réussissais à faire qu'il se sente bien, il voulait retourner dans quelque taudis, comme s'il avait besoin de se convaincre qu'il était encore là. Je lui disais : « Tu ne peux pas avoir foi dans ce que nous venons de vivre de bon, tu ne peux pas accepter que nous ayons eu une journée agréable. » Il répondait : « Si, mais ce n'est pas réel. C'est la misère de ces taudis qui est réelle. » Nous retournions dans ces vieilles rues, nous allions en marchant sur les pavés jusqu'à des endroits perdus, et il avait l'air de croire qu'il appartenait à ce monde. [...] Je savais que ce n'était pas vrai, sinon je n'aurais pas pu m'entendre avec lui. Mais il aimait ce côté de lui-même qui pour ainsi dire l'appelait : « Ne nous oublie pas, Louis, reviens, ne nous abandonne pas, ne crois pas ce qu'elle est en train de te dire. » Il avait peur de se laisser aller à être heureux, comme si, en le faisant, il trahissait les gens.

(Alphonse Juilland, *Elizabeth Craig Talks about Louis-Ferdinand Céline*, Montparnasse Publications, Stanford, Californie, 1988, p. 109-118. Traduit avec l'autorisation de l'auteur.)

II. GENÈSE

A. LES VERSIONS SUCCESSIVES. LES ÉTAPES DE LA RÉDACTION.

La genèse de *Voyage au bout de la nuit* est imparfaitement connue, du fait que le propriétaire du seul manuscrit connu n'en a jamais permis d'étude véritable, et n'en a divulgué que les toutes premières pages, sous forme de transcription, et une page isolée en fac-similé (voir p. 163).

Telle qu'on peut actuellement reconstituer cette genèse, son point de départ est à situer dans une pièce de théâtre écrite par Céline en 1926-1927, *L'Église*. Le personnage principal en est déjà Bardamu, que l'on voit au premier acte médecin en Afrique, et au deuxième aux États-Unis. Après un troisième acte situé à Genève au siège de la Société des Nations (Bardamu appartient à sa Section d'hygiène), les deux derniers actes le montrent exerçant la médecine dans la banlieue parisienne (mais, la pièce n'ayant été publiée qu'après *Voyage*, en 1933, il n'est pas certain que ces deux derniers actes ne soient pas postérieurs aux deux premiers). Pour s'en tenir à l'essentiel [1], la comparaison de cette première version de l'histoire ainsi déjà fixée dans ses grandes lignes et du roman peut se faire sur trois plans. En premier lieu, du point de vue des formes narratives, elle souligne tout ce qui sépare une narration théâtrale de la narration à la première personne : unité de point de vue, perspective de rétrospection mémorielle, dédoublement du *je* entre personnage et narrateur. Pour ce qui, deuxièmement, concerne l'histoire racontée, la différence décisive est dans la mise en ouverture, à l'origine de tout, de l'expérience de la guerre, qui était absente dans *L'Église*. On peut situer dans la logique de cette décision la

[1]. Pour une comparaison de détail et une étude du passage d'un texte à l'autre, voir *R I*, p. 1161-1172, et H. Godard *Poétique de Céline*, p. 282-286.

modification de statut social de Bardamu, qui dans la pièce était médecin et fonctionnaire d'une organisation internationale dès les deux premières étapes de son itinéraire, et cesse de l'être dans le roman pour faire l'expérience de l'Afrique puis des États-Unis dans la peau d'un petit Blanc, employé subalterne d'une société commerciale, et d'un immigré. Il y a enfin d'importants enseignements à tirer de l'étude du français populaire tel qu'il apparaît dans la pièce, c'est-à-dire seulement dans la bouche de personnages socialement marqués, et transcrit par les procédés les plus traditionnels et les plus superficiels.

L'Église fut présentée à un éditeur et refusée en octobre 1927. Céline doit à ce refus de s'être découvert lui-même.

Il lui faudra après cela deux ans pour trouver les changements fondamentaux qui lui permettront de transformer une pièce ratée en l'un des romans marquants du XXe siècle. La rédaction fut commencée à l'automne de 1929. Le manuscrit attesté fait apparaître une réalisation en deux temps, puisqu'il est composé de la dactylographie d'un premier état, elle-même abondamment corrigée et enrichie. En dehors de la mutation de rôles entre les personnages opérée dans la première séquence, le mouvement général de passage du premier état à la version publiée consiste en une amplification que l'on peut mesurer à l'échelle du manuscrit (qui passe de 534 feuillets dactylographiés à un total de 899 pages), aussi bien que dans le détail. A défaut de l'étude que ce manuscrit mériterait, on peut du moins suivre ce mouvement d'amplification sur l'échantillon de l'unique page reproduite en fac-similé. La genèse s'y saisit en deux temps, d'abord dans le manuscrit lui-même par comparaison du texte initial avec le texte obtenu par ratures, ajouts interlinéaires et corrections, ensuite par celle de ce texte final avec le texte publié (*V*, p. 617-618),

Page manuscrite du *Voyage au bout de la nuit*. Coll. particulière. Ph. Éditions Gallimard.

celui-ci résultant d'une seconde série de corrections qui peuvent avoir été réalisées soit sur une dactylographie, soit sur épreuves.

De cette seconde reprise date l'ajout, entre les différents moments de parole rapportée des personnages, de commentaires de plusieurs lignes qui réintroduisent la présence d'un narrateur réduite dans le texte manuscrit à la seule phrase : « Ça c'était pour moi. » Le dialogue, qui dans un premier temps s'était déroulé selon sa propre logique, est ainsi réinséré dans le récit du narrateur, seul locuteur au premier degré. On note d'autre part qu'à la faveur de la deuxième de ces additions, Céline procède à un renversement dans la présentation de l'état psychologique prêté à Robinson à ce moment du dialogue. Alors que dans le manuscrit il était donné en incise comme parlant « tout à fait calmement, bien posément », dans le texte publié « il était monté aussi à la fin, et il gueulait à présent aussi fort qu'elle ».

Les corrections internes du manuscrit aussi bien que celles de la seconde reprise consistent principalement en apport d'éléments (interjections, apostrophes, etc. : *hein, dis, donc, tiens*) qui n'ajoutent rien au sens. Ils ont pour effet, tout en enrichissant le texte en marques d'oralité, de casser une linéarité première aussi bien sémantique que syntaxique. Reconstitué par lecture des passages raturés et élimination des additions, le premier jet du texte manuscrit donne pour la tirade de Madelon le texte suivant :

[...] « je te dégoûte ! Tu bandes pas comme un autre hein dis donc quand tu me baises ? Tu bandes pas dis dégoûté ? Et lui donc là il jouit pas chaque fois qu'il peut me peloter le dégueulasse ? » Ça c'était pour moi. « Dis-le donc que vous voulez changer, que vous voulez du nouveau, de la pucelle, bandes de cochons ! Mais dites pas que [*je* omis par erreur] vous dégoûte. Les dégoûtants c'est vous. »

On voit que les idées s'y suivent, chaque phrase apportant un élément nouveau du sens. L'organisation solide de l'ensemble est visible par exemple dans les reprises du même terme dans des énoncés parfaitement situés les uns par rapport aux autres d'un point de vue logique : « Je te dégoûte ! » – « tu bandes pas dis dégoûté ? » – « Dites pas que je vous dégoûte. Les dégoûtants c'est vous. » Le travail de Céline a été par la suite, en deux temps successifs, de faire disparaître cette ordonnance venue d'abord spontanément sous sa plume. Sur le plan syntaxique, l'effort est le même. Il consiste à écarter la subordination au profit de la coordination, voire de la juxtaposition. Ainsi, dans le texte manuscrit, Céline était-il d'abord passé de « me peloter le dégueulasse » à « m'attraper pour me peloter le dégueulasse ». Mais dans un deuxième temps, il transforme « peloter » en « peloteur », qui lui servira à redoubler la première apposition : « m'attraper dans un coin ! Ce dégueulasse ! Ce peloteur ». En allant encore plus loin dans le détail, on retrouve cette même volonté de briser la construction de la phrase écrite. En comparant l'état manuscrit de la réplique de Robinson au texte publié, on peut voir que, alors que dans le premier la présentation typographique est parfaitement normale, dans le second les majuscules sont multipliées sans souci de (ou plutôt : contre) toutes les règles, et que toute unité de phrase s'en trouve défaite.

(Cette page manuscrite donne enfin l'occasion de noter que, contrairement à certaines accusations, Céline ne va pas toujours dans le sens de la surenchère en matière d'obscénité. Ici, il édulcore au contraire en passant de la formule du manuscrit « quand tu me baises » à celle du texte publié « quand tu fais l'amour ».)

B. REVU ET CORRIGÉ (MONTAIGNE LU PAR BARDAMU).

Aux pages 367-368 de *Voyage*, Céline donne entre guillemets une « citation » d'une lettre de Montaigne, en précisant seulement « qu'il lui disait le Montaigne à peu près comme ça à son épouse ». Il s'agit d'une lettre dédicace placée en tête de la traduction par son ami Étienne de La Boétie d'une épître de Plutarque. En voici le texte.

« Ma femme [...] je vous envoie la Lettre consolatoire de Plutarque à sa femme, traduite par [La Boétie] en François ; bien marry dequoy la fortune vous a rendu ce présent si propre et que n'ayant enfant qu'une fille longuement attendue, au bout de quatre ans de notre mariage, il a falu que vous l'ayez perdue dans le deuxiesme an de sa vie. Mais je laisse à Plutarque la charge de vous consoler et de vous advertir de votre devoir en cela, vous priant le croire pour l'amour de moy : Car il vous découvrira mes intentions, et ce qui se peut alléguer en cela beaucoup mieux que je ne ferois moymesmes. Sur ce, ma femme, je me recommande bien fort à vostre bonne grace, et prie Dieu qu'il vous maintienne en sa garde.

« De Paris, ce 10 Septembre, 1570.
        « Vostre bon mary
                Michel de Montaigne. »

III. L'ÉPIGRAPHE DE *VOYAGE AU BOUT DE LA NUIT*

Cette chanson attribuée aux Gardes suisses tout en étant datée de 1793 n'a pas manqué d'intriguer, vu la disparition des Gardes suisses après le 10 août 1792. De fait, dans son livre de souvenirs publié en 1969, Henri Mahé, compagnon de Céline pendant les années trente, donnait la chanson comme inventée, de l'aveu, disait-il, de Céline lui-même. Les trouvailles de plusieurs chercheurs, se complétant l'une l'autre, ont fini par élucider cette petite énigme et établir la vérité.

Il s'agit bien d'une chanson de l'armée suisse, mais non pas des Gardes de la maison du roi de France sous l'Ancien Régime. Elle est, sous la forme où elle s'est répandue, l'œuvre d'officiers d'un régiment suisse allemand de l'armée napoléonienne. En novembre 1812, pendant la retraite de Russie, ces officiers sur le point d'entreprendre le passage de la Bérésina entonnèrent une chanson ancienne qu'ils jugeaient particulièrement adaptée à leur situation, et elle est connue depuis sous le titre « Berezina Lied ». Une première traduction en français avait été donnée dans une histoire des armées suisses au service de l'étranger en 1913. La chanson fut intégrée en 1916, dans cette première traduction, à un *Chansonnier du soldat romand*, puis en 1919, dans une nouvelle traduction, à un spectacle intitulé *La Gloire qui chante,* Chants de soldats suisses à travers les âges, poème dramatique de G. de Reynold, musique de E. Lauber. C'est le premier couplet de la chanson dans cette traduction que Céline prend pour épigraphe. Il a pu la connaître soit dans le livret du spectacle, édité à Lausanne en 1919, soit à l'occasion d'une représentation à laquelle il aurait assisté au cours

CÉLINE (LOUIS-FERDINAND)

515   VOYAGE AU BOUT DE LA NUIT. *Paris, Denoël et Steele*, 1932; in-12, maroquin noir, empiècement de matière granitée bleu-nuit au centre et dans la longueur des plats, bordé de quatre filets pointillés dorés de chaque côté de l'empiècement, dos lisse, répétition de quatre filets pointillés dorés en soutien du titre en tête, titre à l'or en partie mosaïqué, doublures et gardes de papier décoré noir et or, tête dorée, non rogné, couvertures et dos conservés, étui bordé. *(A. Cerutti)* 5.000

> manuscrite

> Notre vie est un voyage
> Dans l'hiver et dans la Nuit
> Nous cherchons notre passage
> Dans le ciel où rien ne luit
>
>   Chanson des Gardes Suisses 1793.

ÉDITION ORIGINALE.
UN DES 100 EXEMPLAIRES NUMÉROTÉS SUR ALFA (*seul tirage en grand papier avec 10 Arches*).
Enrichi d'un envoi autographe à un poète contemporain et du quatrain épigraphique ouvrant le livre (voir reproduction).

516   MORT A CRÉDIT. *Paris, Denoël et Steele*, 1936; fort volume in-8, maroquin janséniste rouge, DOUBLÉ BORD A BORD de maroquin de même couleur, gardes de satin rouge, double filet doré sur les coupes, tranches dorées sur témoins, couvertures et dos conservés, étui. *(Huser)* 15.000

ÉDITION ORIGINALE.
UN DES 22 PREMIERS EXEMPLAIRES SUR JAPON IMPÉRIAL HORS COMMERCE COMPORTANT LE TEXTE INTÉGRAL.
EXEMPLAIRE IMPRIMÉ POUR L'AUTEUR ENRICHI :
1° DU MANUSCRIT AUTOGRAPHE DE L'ÉPIGRAPHE QUE NOUS REPRODUISONS.
2° D'UNE LETTRE AUTOGRAPHE DE L'AUTEUR RELATIVE A L'OUVRAGE.
« *Ayant eu l'occasion de voir mon Denoël je lui parlais de l'édition intégrale de*

— 83

Épigraphe manuscrite de *Voyage*. Coll. particulière. Ph. R. Lalance/Éditions Gallimard.

de son séjour à Genève à la Section d'hygiène de la Société des Nations [1].

Le texte donné par Céline diffère sur un point du texte de G. de Reynold en substituant à la leçon « nous cherchons notre passage sous un ciel où rien ne luit » la leçon « dans un ciel ».

[1]. Sur l'histoire de cette mise au point, voir N. Hewitt, « *Voyage au bout de la nuit* : voyage imaginaire et histoire de fantômes », *Actes du IVe Colloque de la Société des Études céliniennes (La Haye, 1983)* et J. Castiglia, « Aux sources de la Bérésina : la recherche du chant perdu » (communication au VIIe Colloque, Toulouse, 1990).

1V. CÉLINE ET FREUD

A. CÉLINE SUR FREUD À L'ÉPOQUE DE *VOYAGE*.

Au moment de la publication de *Voyage au bout de la nuit*, Céline multiplie, en public et en privé, les déclarations d'admiration pour Freud et même d'allégeance à son égard :

Depuis Balzac (tout respect à Balzac), les critiques ne semblent plus rien vouloir apprendre sur l'Homme. L'échelle est tirée. L'énorme école freudienne est passée inaperçue.
(Lettre à Albert Thibaudet, 24 janvier 1933 – *R I*, p. 1109)

Notre grand maître actuellement à tous c'est Freud.
(Interview de février 1933 – *CC 1*, p. 88)

– Qui vous a inspiré, Monsieur Céline ?
– Eh ! bien, c'est Balzac, Freud et Breughel.
(Interview de 1932 – *CC 1*, p. 41)

Les travaux de Freud sont réellement très importants, pour autant que l'Humain soit important.
(Lettre à une amie, juillet 1933 – *CC 5*, p. 175)

Mais par deux fois au moins, dans des lettres à un même correspondant, il affecte de ne faire en cela que suivre une mode (cependant le rapprochement avec l'exemple de la guerre montre que ce cynisme peut recouvrir une expérience personnelle authentique).

Connaissez-vous les travaux de Freud ? Votre bonhomme est névrosé à souhait. Tout ceci

alimente mon délire, et le jeu est à la mode.
(*Lettres à Joseph Garcin,* mai 1930,
Librairie Monnier, 1987, p. 30)

Savoir ce que demande le lecteur, suivre la mode comme les midinettes ; c'est le boulot de l'écrivain très contraint matériellement, c'est la condition sans laquelle pas de tirage sérieux (seul aspect qui compte). Ainsi pour la guerre depuis Barbusse, ainsi pour ces déballages psychanalytiques depuis Freud.
(*Ibid.*, 13 mai 1933, p. 55)

B. FREUD SUR *VOYAGE*.

Une amie française enthousiasmée par le livre de Céline l'a immédiatement envoyé à Freud. Celui-ci lui répond le 26 mars 1933 (la lettre a été révélée en 1983 par M.C. Bellosta).

J'ai entrepris de lire le livre de Céline et en suis à la moitié. Je n'ai pas de goût pour cette peinture de la misère, pour la description de l'absurdité et du vide de notre vie actuelle, qui ne s'appuierait pas sur un arrière-plan artistique ou philosophique. Je demande autre chose à l'art que le réalisme. Je le lis parce que vous désirez que je le fasse.
(E. Jones, *La Vie et l'œuvre de Sigmund Freud,* t. III, P.U.F. 1969, p. 201)

C. CÉLINE : GUERRE ET DÉSIR DE MORT (1959).

— Si tous les hommes voulaient ne pas aller à la guerre, c'est très simple, ils diraient : « Je n'y vais pas. » Mais ils ont le désir de mourir ; il y a un désir, il y a une misanthropie chez l'homme. Par exemple, quand vous voyez les accidents comme ils viennent d'arriver : ne croyez pas qu'ils soient tous involontaires. Il y a là-dedans, il y a là-dedans les vicieux, il y a les gens qui vont vraiment dans l'arbre. Évidemment le bonhomme ne monte pas en auto en disant « Je vais me précipiter contre un troène », mais l'envie est là, n'est-ce-pas, et ça je l'ai observé moi-même à plusieurs reprises, particulièrement chez les chirurgiens, les gens distingués. Je les vois conduire leur voiture, n'est-ce-pas, d'une façon assez suspecte.

Tous les hommes de la terre n'ont qu'à aller à la mairie dire : « Moi, vous savez, je ne vais pas à la guerre. » Eh bien, il n'y aura pas de guerre. Si donc ils la conservent, c'est parce qu'ils aiment ça, ce désir général, ce désir de destruction. Comme disait Montluc, maréchal d'Henri IV [1] : « Seigneurs et vous, capitaines, qui menez les hommes à la mort. Car la guerre n'est pas autre chose... »

(Interview de 1959, *CC 2*, p.128)

Blaise de Mon(t)luc fut maréchal de France sous Henri III (N. de l'É.).

V. PUBLICATION ET RÉCEPTION CRITIQUE

A. L'ACCUEIL CRITIQUE ET LE SCANDALE DU PRIX GONCOURT.

Céline avait d'abord présenté son livre aux éditions de la N.R.F. Des écrivains familiers de cette maison, Malraux et Emmanuel Berl, lirent le manuscrit déposé et lui apportèrent leur soutien, mais l'avis du lecteur chargé de faire le rapport fut réservé et suggérait sans doute des remaniements. Céline déposa alors le manuscrit chez un jeune éditeur d'origine belge, Robert Denoël, qui avait édité *Hôtel du Nord* d'Eugène Dabit. Denoël manifesta un enthousiasme immédiat. Le livre fut publié le 20 octobre 1932. Il était accompagné du prière d'insérer suivant :

Un livre promis à un retentissement exceptionnel. L'auteur débute en pleine maturité après une expérience de vie extrêmement riche et diverse.

Le livre : roman impossible à classer, difficile à définir à cause de son originalité. L'auteur tend à créer une image très fidèle de l'homme des villes, avec tout ce que ce terme suggère de complexe, d'abondant, de contradictoire.

Il a réussi le tour de force de transposer le parler populaire le plus dru et le plus vert dans le langage écrit. Il en résulte un livre d'une lecture aisée, d'un pittoresque prodigieux.

Il ne faudrait pas se méprendre au ton de *Voyage au bout de la nuit* et tenir ce livre, souvent satirique jusqu'à la férocité, pour un pamphlet. L'auteur conte de la manière la plus humble et la plus candide ; les esprits non prévenus devront s'incliner devant la fidélité de son témoignage.

Le cinéma Gaumont Palace, place Clichy. Paris. Ph. Coll. Roger Viollet.
« Tandis que le cinéma, ce nouveau petit salarié de nos rêves, on peut l'acheter lui, se le procurer pour une heure ou deux, comme un prostitué. »

Son public : les médecins que l'auteur attaque avec une particulière violence, les universitaires, les lettrés.

Un peu moins de deux mois après la publication du roman, Georges Bernanos écrit le 13 décembre dans *Le Figaro* : « M. Céline scandalise. A ceci, rien à dire, puisque Dieu l'a visiblement fait pour ça. » *Voyage* est en effet à ce moment devenu un objet de polémique, d'enthousiasme pour les uns, d'indignation pour les autres, et finalement de scandale lors de l'attribution du Prix Goncourt le 7 décembre. La réception critique dans la presse est marquée par le nombre exceptionnel des comptes rendus et plus encore peut-être par le fait que le livre divise les membres d'une même rédaction, et qu'à plusieurs reprises la même publication en donne deux comptes rendus contradictoires. Aussi bien des personnalités très différentes, voire opposées, se retrouvent-elles pour le soutenir, c'est le cas en particulier, au jury du Prix Goncourt, d'un écrivain antimilitariste et de sympathies anarchistes comme Lucien Descaves, et d'un membre du mouvement monarchiste l'Action française, Léon Daudet. Dans l'ensemble pourtant, le roman frappa d'abord par la critique sociale qu'il contenait et fut le plus souvent considéré comme un livre « de gauche ». Certains critiques marxistes n'avaient pourtant pas manqué d'alerter leurs lecteurs sur les équivoques idéologiques qu'ils y percevaient (voir p. 191).

Un autre fait remarquable est le nombre d'écrivains notables, parmi les aînés de Céline et parmi ses contemporains, qui furent immédiatement sensibles au surgissement d'un de leurs pairs, soit qu'ils aient l'occasion, comme Bernanos ou Élie Faure, de le manifester sur le moment, soit qu'ils aient évoqué cette reconnaissance par la suite (voir p. 178).

La polémique dans la presse atteignit son comble lorsque, après une réunion préparatoire du jury

Goncourt où une majorité s'était dégagée sur le nom de Céline, le 7 décembre, jour de l'attribution officielle, le retrait de plusieurs de ses soutiens antérieurs ne lui conserva que trois voix sur dix. Le Prix Goncourt lui ayant ainsi échappé, le Prix Renaudot lui fut immédiatement attribué. Dans les jours qui suivirent, l'éditeur fit paraître dans la presse des placards publicitaires avec la formule : « Les Goncourt ont voté. Mais le public a choisi ! »

B. *VOYAGE AU BOUT DE LA NUIT* EN JUSTICE.

Après que Céline eut manqué le Prix Goncourt, un journaliste qui admirait son roman s'en prit au président de l'Académie. Celui-ci le cita en justice, ainsi que le gérant du journal qui avait publié l'article. Ils furent condamnés par deux jugements dont voici des extraits :

Attendu qu'ils [l'auteur de l'article et le gérant du journal] n'ont pas compris que cette Académie, consciente de ses responsabilités à l'égard de l'art, de la langue et de toute la civilisation française, avait pu hésiter puis refuser ses suffrages à l'ouvrage de Céline qui pouvait se présenter comme un beau livre mais dont l'esprit de tendance et surtout le vocabulaire, rempli d'expressions outrageusement triviales, grossières et intolérables, devaient nuire à l'auteur dans l'esprit de ses juges [les Académiciens Goncourt].
(Extrait des attendus du premier jugement)

Attendu qu'il apparaît que l'Académie n'a pas voulu accorder au *Voyage au bout de la nuit* une récompense qu'elle réserve suivant le testament de Goncourt aux tentatives nouvelles et hardies de la forme et de la pensée, à condition toutefois que ces tentatives n'aient pas pour conséquence de gêner le lecteur au point de vue moral et de le détourner de la lecture par d'aussi désagréables surprises d'expressions aussi choquantes, même dans les circonstances où elles sont utilisées.

(Extrait des attendus du second jugement)

VI. JUGEMENTS D'ÉCRIVAINS FRANÇAIS SUR *VOYAGE AU BOUT DE LA NUIT*

A. A L'ÉPOQUE DE LA PUBLICATION.

BERNANOS

M. Céline scandalise. A ceci, rien à dire, puisque Dieu l'a visiblement fait pour ça. Car il y a scandale et scandale. Le plus redoutable de tous, celui qui coûte encore le plus de sang et de larmes à notre espèce, c'est de lui masquer sa misère. [...] Pour nous la question n'est pas de savoir si la peinture de M. Céline est atroce, nous demandons si elle est vraie. Elle l'est. Et plus vrai encore que la peinture, ce langage inouï, comble du naturel et de l'artifice, inventé, créé de toutes pièces à l'exemple de la tragédie, aussi loin que possible d'une reproduction servile du langage des misérables, mais fait justement pour exprimer ce que le langage des misérables ne saura jamais exprimer, la sombre enfance des misérables. Oui, telle est la part maudite, la part honteuse, la part réprouvée de notre peuple.
    (*Le Figaro*, 13 décembre 1932, repris dans *Le Crépuscule des vieux,* Gallimard, 1956)

La mort, sujet de votre livre, seul sujet !
    (Propos tenu à Céline, février 1933)

FRANÇOIS MAURIAC

Ce livre asphyxiant dont on n'a que trop parlé à l'occasion des derniers prix, et dont il ne faut conseiller la lecture à personne, possède le pouvoir de nous faire vivre au plus épais de cette humanité désespérée qui campe aux portes de toutes les grandes villes du monde moderne. Humanité qui n'est pas le peuple, ni même le prolétariat, qui erre dans la jungle, au-delà de tout espoir, de toute pitié, dans la saleté, dans la haine et le mépris de sa propre misère — et le nom même de charité ne lui est plus connu.

(*L'Écho de Paris*, 31 décembre 1932)

GEORGES BATAILLE

Le roman déjà célèbre de Céline peut être considéré comme la description des rapports qu'un homme entretient avec sa propre mort, en quelque sorte présente dans chaque image de la misère humaine qui apparaît au cours du récit. Or, l'usage que fait un homme de sa propre mort — chargée de donner à l'existence vulgaire un sens terrible — n'est nullement une pratique nouvelle : il ne diffère pas fondamentalement de la méditation monacale devant un crâne. Toutefois la grandeur du *Voyage au bout de la nuit* consiste en ceci qu'il n'est fait *aucun* appel au sentiment de pitié démente que la servilité chrétienne avait lié à la conscience de la misère.

(*La Critique sociale*, janvier 1933)

JEAN GIONO

Très intéressant, mais de parti pris. Et artificiel. Si Céline avait pensé vraiment ce qu'il a écrit, il se serait suicidé.

(Rapporté par un journaliste, *Le Petit Marseillais,* février 1933)

DRIEU LA ROCHELLE

Je suis navré à l'idée que tu ne peux pas

comprendre Céline. C'est l'autre face de l'univers que tu ne connais pas, la face de la pauvreté, ou de la laideur, ou de la faiblesse. Je persiste à croire que c'est un livre sain. Ce sont tous les gens malsains à Paris qui le détestent. C'est tellement l'Europe d'après-guerre, l'Europe de la crise permanente, l'Europe de la révolution, l'Europe qui crève, qui va faire n'importe quoi pour ne pas crever.

(Lettre à Victoria Ocampo, 3 mars 1933 ; cité dans Drieu La Rochelle, *Sur les écrivains*, p. 150)

ÉLIE FAURE

Que le récit d'un tel désastre, dû à l'une de ses victimes, nous paraisse aussi atroce, peut-être plus poignant que la scène elle-même, n'est-ce pas une preuve nouvelle de la grandeur de l'homme, décidé à tirer parti de sa misère même, et à emprunter aux ruines qu'il entasse les matériaux des édifices qu'il bâtit ? [...] Il est le produit le plus exact et le plus poignant de son époque. Il a perdu le respect de tout ce qui a cessé d'être respectable. [...] Il y a toujours quelque artifice en chaque créateur, fût-il grand, une façon de parler non tout à fait superposable à la manière de sentir, sinon de penser. Le génie, c'est d'arriver à les coller l'une à l'autre. Et nul n'en fut plus près que Céline, parce que, l'impression étant neuve, il a tenté d'instinct de lui faire un vêtement neuf.

(*Germinal*, juillet 1933)

ANDRÉ MALRAUX

Avec la grande sympathie artistique d'A. Malraux.
(Dédicace à Céline sur un exemplaire de *La Condition humaine*, mai 1933)

B. POSTÉRIEURS.

ARAGON

Bardamu, grand parce que Céline est grand, ne domine pas le monde qu'il traverse. Le *Voyage au bout de la nuit* est une apocalypse où il y aurait place pour d'autres archanges annonciateurs.

(*Commune*, novembre 1935)

EMMANUEL BERL

Je crois que, de tous les écrivains de ma génération, c'est celui qui a le plus de chances de rester. C'est un très grand tempérament romanesque, à l'égal des Anglo-Saxons, qui ont un plus grand tempérament romanesque que les Français. Il y a tout de même eu quelque chose dans la langue française qui s'est passé avec Céline. De qui peut-on dire cela ? D'un autre côté, il y a les faiblesses évidemment. Il veut à la fois être le gosse costaud et le pauvre petit. Il veut qu'on craigne ses biceps et qu'on le plaigne. C'est très difficile de faire les deux choses simultanément. Il en résulte une contradiction. Mais le talent est extraordinaire. Il y a une joie et une peine de l'écriture. C'était un vrai écrivain. Il n'y en a pas tant que ça.

(*Interrogatoire*, entretien avec Patrick Modiano, Gallimard, 1976)

ANDRÉ BRETON

Mon admiration ne va qu'à des hommes dont les dons (d'artiste, entre autres) sont en rapport avec le caractère. C'est vous dire que je n'admire pas plus M. Céline que M. Claudel. Avec Céline, l'écœurement pour moi est venu vite : il ne m'a pas été nécessaire de dépasser le premier tiers

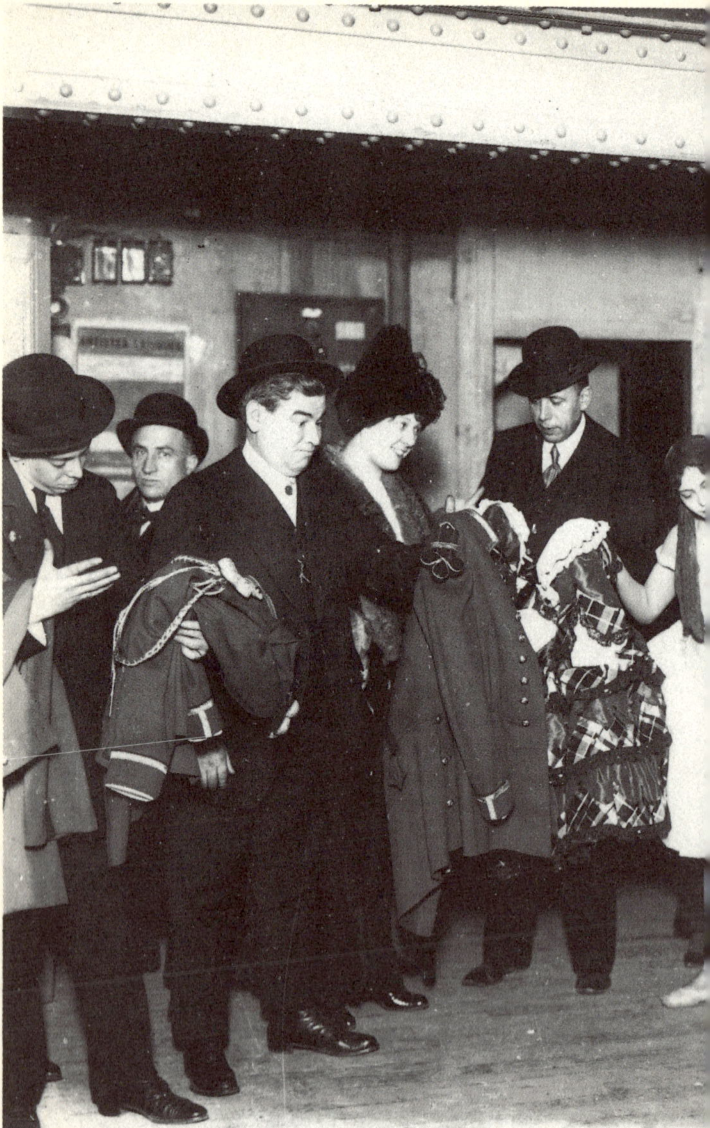

Coulisses d'un café concert, réception des costumes. Ph. © Harlingue-Viollet.
« On en était comme déshabillés par la lumière, tellement qu'il y en avait sur les gens, les mouvements, les choses, plein de guirlandes et des lampes encore. »

du *Voyage au bout de la nuit* où j'achoppai contre je ne sais plus quelle flatteuse présentation d'un sous-officier d'infanterie coloniale. Il me parut y avoir là l'ébauche d'une ligne sordide.

(Réponse à une enquête sur le procès de Céline, *Le Libertaire*, 20 janvier 1950)

RAYMOND QUENEAU

Le premier livre d'importance où pour la première fois le style oral marche à fond de train (et avec un peu de goncourtise). [...] Ici, enfin, on a le français parlé moderne ; tel qu'il est, tel qu'il existe. Ce n'est pas seulement une question de vocabulaire, mais aussi de syntaxe.

(« Écrit en 1937 », *Bâtons, chiffres et lettres*, Gallimard, 1950)

[JEAN-PAUL SARTRE]

Le *Voyage au bout de la nuit*, ça a tout de même été un bouquin sensationnel.

(*Les Lettres françaises*, 1947)

SIMONE DE BEAUVOIR

Le livre français qui compta le plus pour nous cette année, ce fut *Voyage au bout de la nuit* de Céline. Nous en savions par cœur des tas de passages. Son anarchisme nous semblait proche du nôtre. Il s'attaquait à la guerre, au colonialisme, à la médiocrité, aux lieux communs, à la société, dans un style, sur un ton, qui nous enchantaient. Céline avait forgé un instrument nouveau : une écriture aussi vivante que la parole. Quelle détente, après les phrases marmoréennes de Gide, d'Alain, de Valéry ! Sartre en prit de la graine.

(*La Force des choses*, Gallimard, 1960)

ROGER NIMIER

Toute littérature brutale semble fade au prix de ses récits forcenés. Si l'on a lu le *Voyage au bout de la nuit*, Hemingway est vite reconnu pour farineux, Sartre pour attentif. La « Série noire » est la bibliothèque rose d'un style dont Céline a donné le modèle aux deux continents. La sensibilité moderne, sa veulerie, sa bonne volonté, ses terreurs, ses coups de sang trouvent chez cet auteur leur meilleure illustration, tant il est vrai qu'un solitaire en sait plus qu'un siècle entier.

(*Les Nouvelles littéraires*, 18 octobre 1956)

ALAIN ROBBE-GRILLET

Aucune des grandes œuvres contemporaines ne correspond sur ce point aux normes de la critique. [...] le *Voyage au bout de la nuit* décrit-il un personnage ?

(« Sur quelques notions périmées », 1957)

NATHALIE SARRAUTE

[...] les œuvres les plus importantes de notre temps (depuis *A la recherche du temps perdu* et *Paludes* jusqu'au *Miracle de la rose*, en passant par *Les Cahiers de Malte Laurids Brigge*, le *Voyage au bout de la nuit* et *La Nausée*), celles où leurs auteurs ont montré d'emblée tant de maîtrise et une si grande puissance d'attaque.

(« L'ère du soupçon »,
Les Temps modernes, 1950)

Quand on a lu pour la première fois *Voyage au bout de la nuit,* c'était comme une délivrance : tout à coup, la langue parlée faisait irruption dans la littérature. Pour quelques-uns d'entre nous, Céline était un sauveur.

(Interview, *Libération*, 29 septembre 1989)

FRÉDÉRIC DARD

C'est toute la misère de la vie, toute l'angoisse, toute la mort. C'est plein d'amour, c'est plein de pitié, c'est plein de colère, c'est plein d'éclairs, de mains tendues, de poings brandis, de mains tendues qui se transforment en poings. Et puis de désespoir. Parce que le désespoir, c'est la vie. Lui l'a su.

(*Je le jure*, Stock, 1975)

PHILIPPE SOLLERS

Peu de livres ont une aussi grande puissance de *vision* que *Voyage au bout de la nuit*. Vision intense : celle de la révélation de la misère, de la guerre, de la maladie sans fin, de la mort. La phrase se concentre, repère tout, ne pardonne rien. [...] Le héros métaphysique de Céline est ce petit homme toujours en route, entre Chaplin et Kafka mais plus coriace qu'eux [...] perplexe, rusé, perdu, ahuri, agressé de partout, bien réveillé quand même, vérifiant sans cesse l'absurdité, la bêtise, la méchanceté universelles dans un monde de cauchemar terrible et drôle. [...] L'œil traverse le récit comme une plume hallucinée, on voit le déplacement sans espoir mais plus fort, dans son rythme de mots et d'images, que tout désespoir. Il faut relire Céline en le *voyant*. Céline a dit la vérité du siècle : ce qui est là est là, irréfutable, débile, monstrueux, rarement dansant et vivable. Le Voyage recommence. Les éclairs dans la nuit aussi.

(*Voyage au bout de la nuit*,
édition illustrée par Tardi,
Futuropolis, 1988).

CLAUDE LÉVI-STRAUSS

Proust et Céline : voilà tout mon bonheur inépuisable de lecteur.
(Interview de novembre 1990)

VII. ÉCHOS AMÉRICAINS

HENRY MILLER

Le premier écrivain à avoir lu *Voyage au bout de la nuit* est Henry Miller, qui fut influencé par Céline pour l'écriture de *Tropique du Cancer* (publié en 1934). Dans *Les Livres de ma vie*, Miller parle de « frère Céline » et en 1950, à occasion du procès de Céline, il ajoute :

Pour moi il restera toujours non seulement un grand écrivain mais un grand homme. Le monde peut bien fermer les yeux sur les « erreurs » de quelques hommes éminents qui ont tant contribué à notre culture.

JAMES AGEE

Des hommes plus sages et plus capables que je ne le serai jamais ont étalé sous vos yeux les fruits de leurs recherches, si riches et si pleins de colère et de sérénité, de meurtres et de panacées, de vérité et d'amour, qu'il paraît incroyable que le monde n'ait pas été détruit et exaucé dans l'instant. [...]

Que viennent faire là tous les écrits « américains », présents et futurs, quand Whitman, Beethoven, Blake, le Christ, Céline et Tolstoï ont tellement en commun ?
(*Louons maintenant les grands hommes*, 1939, trad. J. Queval, Plon)

JACK KEROUAC

Quand je lisais *Voyage au bout de la nuit*, j'avais l'impression d'assister au plus grand film français que l'on ait jamais tourné. [...] Il me semblait que Céline était vraiment l'écrivain français le plus compatissant de son époque.[...] Il m'a toujours semblé que le Robinson de *Voyage* était continuellement poursuivi par un Javert fantomatique, et que ce Javert était Céline en personne.

(Témoignage paru dans le *Cahier Céline de l'Herne*, 1963)

WILLIAM BURROUGHS

Évocation d'une visite faite à Céline en 1958 à Meudon en compagnie d'Allen Ginsberg.

Allen lui donna quelques livres, *Howl*, quelques poèmes de Gregory Corso et mon livre *Junky*. Céline jeta un regard négligent sur les livres et les mit de côté de façon évidente. Il n'avait manifestement pas l'intention de perdre son temps. [...] Il ignorait totalement qui nous étions. Allen lui demanda ce qu'il pensait de Beckett, Genet, Sartre, Simone de Beauvoir, Henri Michaux, tous les noms qui lui passaient par la tête. Il agitait sa main fine veinée de bleu en signe de rejet. « Chaque année il y a un nouveau poisson dans l'étang de la littérature. Ce n'est rien, ce n'est rien, ce n'est rien », disait-il en parlant d'eux.

(Victor Bockris, *Avec William Burroughs*, Éditions Denoël, 1985)

JOHN UPDIKE

Trente ans avant *Catch 22*, il a parlé de la vie militaire comme d'une pure folie, et de la lâcheté comme seule raison. Longtemps avant *Vol au-dessus d'un nid de coucou*, il a vu dans les malades mentaux une sorte de société supérieure. Avant William Burroughs, il a pressenti derrière l'équipement électronique de l'époque moderne un ennemi qui provoque d'atroces formes d'aliénation et des morts subites. Avant Kerouac et les Beatniks qui ont suivi une génération plus tard, il a perçu qu'un bon monologue suffisamment étendu suffit à faire un roman, si les noms sont légèrement brouillés et les événements associés dans une vague « quête » [...] La compagnie constante de sa voix à la première personne nous protège de cette sorte de confrontation avec une réalité massive et inexorable que provoque le grand roman à la troisième personne. Un narrateur à la première personne est un survivant, ou bien il ne serait pas là à écrire. Ce petit fait technique change le sens de la mort que Céline évoque ostensiblement et nuance de frivolité le genre de roman autobiographique dont il est le saint patron.

(Article paru dans le *New Yorker*,
13 septembre 1976)

PHILIP ROTH

A vrai dire, en France, mon « Proust », c'est Céline ! Voilà un très grand écrivain. Même si son antisémitisme en fait un être abject, intolérable. Pour le lire, je dois suspendre ma conscience juive, mais je le fais, car l'antisémitisme n'est pas au cœur de ses livres, même *D'un château l'autre*. Céline est un grand libérateur. Je me sens appelé par sa voix.

(Entretien avec Jean-Pierre Salagas,
La Quinzaine littéraire, 16 juin 1984)

VIII. POINTS DE VUE MARXISTES

JEAN FRÉVILLE

[...] une épopée du désespoir, une confession où le récit lyrique se mêle à la satire, avec une sincérité dans la pensée, une cruauté dans l'expression, une virulence dans le trait qui donnent à cet ouvrage son accent âpre et original. [...] Il condamne sans appel la classe dominante et pourrissante, mais la conclusion manque à son apocalypse. [...] Il ne voit pas le prolétariat, force neuve, classe révolutionnaire qui saisira des mains défaillantes de la bourgeoisie le flambeau de la civilisation. [...] Tout ce qui fait battre nos cœurs à coups précipités, l'amour de la classe ouvrière, la fièvre de la lutte, la fraternité des camarades, les combats fulgurants menés par le prolétariat pour la libération des hommes, Céline y demeure étranger. Il se heurte à la vie telle que l'a façonnée le capitalisme et il s'y enlise.

(*L'Humanité*, 19 décembre 1932)

LÉON TROTSKI

L.F. Céline est entré dans la grande littérature comme d'autres pénètrent dans leur propre maison. Homme mûr, muni de la vaste provision d'observations du médecin et de l'artiste, avec une souveraine indifférence à l'égard de l'académisme, avec un sens exceptionnel de la vie et de la langue, Céline a écrit un livre qui demeurera, même s'il en écrit d'autres et qui soient du niveau de celui-ci. [...] Céline montre ce qui est. Et c'est pourquoi il a l'air d'un révolutionnaire. Mais il n'est pas révolutionnaire et ne veut pas l'être. [...] Même

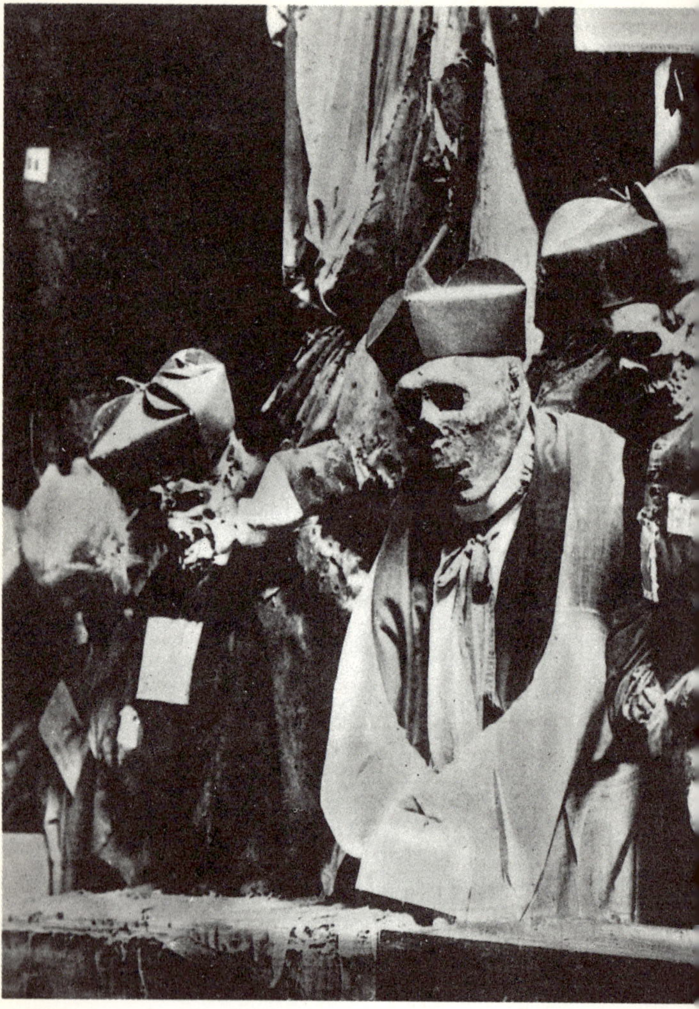

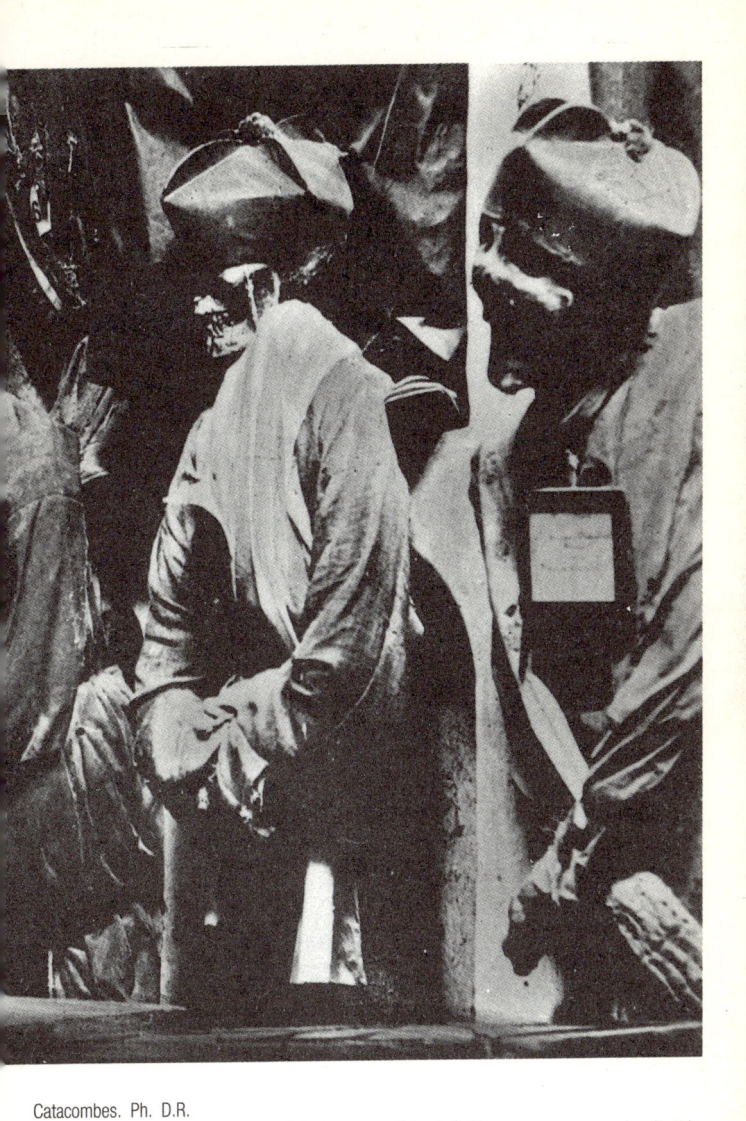

Catacombes. Ph. D.R.
« Ça devait leur donner de quoi réfléchir aux touristes ! Collés au mur comme des fusillés ils étaient ces vieux morts... Plus tout à fait en peau ni en os, ni en vêtements qu'ils étaient... Un peu de tout cela ensemble seulement... »

s'il estime, lui, Céline, qu'il ne sortira rien de bon de l'homme, l'intensité de son pessimisme comporte en soi son antidote. [...] A travers ce style rapide qui semblerait négligé, incorrect, passionné, vit, jaillit, palpite la réelle richesse de le culture française, l'expérience affective et intellectuelle d'une grande nation dans toute sa richesse et ses plus fines nuances.

(Céline et Poincaré [mai 1933], repris dans *Littérature et Révolution*, 10/18)

WALTER BENJAMIN

[Ce livre] a trait au « lumpenproletariat ». De même que le lumpenproletariat n'a pas conscience de la classe sociale qui pourrait lui obtenir par la lutte une existence digne de l'homme, de même l'auteur qui décrit le lumpenproletariat rend peu explicite l'absence de ce modèle. De fait, la monotonie qui chez Céline enveloppe les événements est fondamentalement ambiguë. Autant il réussit à rendre évidentes la tristesse et le vide d'une existence pour laquelle se sont effacées les différences entre journée de travail et journée de repos, acte sexuel et expérience amoureuse, guerre et paix, ville et campagne, autant il se montre incapable d'évoquer les forces mêmes dont l'empreinte constitue la vie de ses personnages réprouvés ; il parvient encore moins à montrer où pourrait commencer la réaction de ceux-ci.

(Position de l'écrivain français, *Zeitschrift für Sozialforschung*, 1934, 1, trad. R. Tettamanzi)

ANISSIMOV

Céline a écrit une véritable encyclopédie du capitalisme agonisant. [...] Mais, après avoir si hardiment regardé la réalité en face, il s'est refusé à la comprendre, il l'a stigmatisée. Il s'est figé dans l'horreur. L'idée de lutte ne lui vient même pas à l'esprit. L'indignation à laquelle il est en proie est sans but. Il ne réfléchit pas au mécanisme social qui a engendré la monstruosité qui s'étale à ses yeux. [...] Cette impuissance, cette soumission larmoyante sont le propre de Céline. Ce n'est pas par hasard qu'il aime à nommer la réalité un « délire ». Il se réfugie dans ses visions de cauchemar pour éviter de répondre à la question : que faire ? [...] Le livre de Céline traduit avec une force exceptionnelle le sentiment de peur devant la mort en restant dans le cadre du biologique, de l'animal. Il évite avec soin le terrain où se déroulent les faits en question. A cause de cela, les images de la guerre impérialiste perdent de leur valeur, elles sont empreintes du trouble petit bourgeois devant « les horreurs de la guerre ». Plébéien dans son essence, le livre tombe dans l'ornière du pacifisme le plus insipide. [...] C'est le cri de désespoir d'un petit bourgeois qui, après avoir vu le capitalisme dans sa vérité, ne s'est pas résolu à dépasser la mesquinerie de sa classe.

(Préface à la traduction russe de *Voyage* par Elsa Triolet, publiée en janvier 1934).

MAXIME GORKI

La société bourgeoise a perdu son pouvoir d'invention. Le romantisme individualiste ne connaît plus que le fantastique et le mystique. A l'écart des réalités, il ne se fonde pas sur la force suggestive de l'image, mais uniquement sur la magie du mot. [...] En quittant les réalités pour le nihilisme du désespoir comme on le voit dans *Voyage au bout de la nuit* de Céline, l'écrivain occidental, lui aussi, a perdu son ombre.

(Discours au Congrès des écrivains soviétiques, Moscou, août 1934)

IX. LA TRADUCTION DE *VOYAGE* DANS L'ALLEMAGNE NAZIE

Voyage a été publié en France trois mois avant la prise du pouvoir par les nazis en Allemagne. Sa traduction en allemand, qui avait été décidée auparavant, avait été confiée à un traducteur d'origine juive, Isak Grünberg. Ces circonstances se sont associées pour faire à cette traduction une histoire mouvementée, et aboutir à un résultat décevant.

Le traducteur était un journaliste autrichien dont la compétence était auparavant reconnue, correspondant à Paris d'un journal berlinois. Il fut pourtant, dès janvier 1933, mis en question par la maison d'édition à laquelle il avait soumis le début de sa traduction. Les choses semblent être allées jusqu'à une plainte en justice. Finalement, la traduction resta confiée à Grünberg, à condition qu'il accepte l'aide d'un écrivain allemand résidant à Paris.

Dans le même temps étaient pris les premiers décrets réglementant la vie culturelle en Allemagne. Ils prévoyaient entre autres l'interdiction de toute « littérature ordurière ». La maison d'édition munichoise qui avait acquis les droits de traduction se déchargea de ce cas difficile en cédant ces droits à un autre éditeur de langue allemande qui était installé en Tchécoslovaquie, Julius Kittl. La traduction paraît chez cet éditeur en décembre 1933. Elle est bien accueillie dans la presse allemande hors d'Allemagne, mais n'est prise dans l'Allemagne nazie que comme un témoignage sur la décadence française.

Dès janvier 1934, par l'intermédiaire d'un journaliste de *L'Intransigeant*, Isak Grünberg protestait contre la falsification de sa traduction. « On n'a pas seulement changé le rythme en transformant toutes les phrases, on a remanié les idées et les formules, résumé un passage en une ligne et exprimé le contraire de l'original. » Ces accusations sont reprises et détaillées trois mois plus tard par Grünberg dans un article publié dans une revue de l'émigration allemande, *Die Sammlung*. Précisant qu'il ne reste dans le texte publié que quatre pages conformes au manuscrit de sa traduction, Grünberg en cite pour comparaison quatre passages, en donnant en regard le texte qui a été publié après correction. L'analyse de ces fragments fait en effet apparaître que la traduction de Grünberg était plus fidèle au texte, sans toujours en rendre le ton. Considéré dans son ensemble, le texte publié montre un effort systématique de gommage de toutes les aspérités et de toutes les audaces, stylistiques et autres, du roman. Cet effort, qui prend parfois la forme d'une explicitation, se traduit au contraire plus souvent par la suppression de lignes entières de l'original.

La revue *Die Sammlung* lui ayant donné la parole, la maison d'édition Julius Kittl plaide une insuffisance du travail de Grünberg, et fait état d'un accord de Céline avec le texte publié dans une lettre en date du 24 janvier 1934. Mais Grünberg répond qu'il a reçu de son côté des lettres de soutien de l'auteur.

On ignore tout d'Isak Grünberg au-delà de la publication en 1942 par une maison d'édition londonienne d'un livre consacré à l'émigration autrichienne signé I. Grünberg.

(D'après une communication de Christine Sautermeister au VIIe Colloque de la Société des Études céliniennes, Toulouse, juillet 1990.)

X. CÉLINE :
« QU'ON S'EXPLIQUE... »

POSTFACE À « VOYAGE AU BOUT DE LA NUIT »

Cet article a été publié par Céline dans l'hebdomadaire *Candide* le 16 mars 1933.

Ah ! l'admirable lettre d'un lecteur, agent forestier, reproduite (avec quel esprit !) par Zavie dans *L'Intran* :

« Il y a (dans ma bibliothèque) des livres de toutes sortes ; mais, si vous alliez les ouvrir, vous seriez bien étonné. Ils sont tous incomplets ; quelques-uns ne contiennent plus dans leur reliure que deux ou trois feuillets. Je suis d'avis qu'il faut faire commodément ce qu'on fait tous les jours ; alors, je lis avec des ciseaux, excusez-moi, et je coupe tout ce qui me déplaît. J'ai ainsi des lectures qui ne m'offensent jamais. Des *Loups,* j'ai gardé dix pages ; un peu moins du *Voyage au bout de la nuit.* De Corneille, j'ai gardé tout *Polyeucte* et une partie du *Cid.* Dans mon Racine, je n'ai presque rien supprimé. De Baudelaire, j'ai gardé deux cents vers et de Hugo un peu moins. De La Bruyère, le chapitre du Cœur ; de Saint-Évremond, la conversation du père Canaye avec le maréchal d'Hocquincourt. De Mme de Sévigné, les lettres sur le procès de Fouquet ; de Proust, le dîner chez la duchesse de Guermantes ; le matin de Paris dans *La Prisonnière.* »

Que Zavie soit loué ! Ce n'est pas chaque jour qu'il nous parvient de l'Infini de tels messages ! Nous voici tous, grands morts et minuscules vivants, déculottés par le terrible garde-chasse.

Il ne nous pardonne pas grand-chose dans notre magnifique vêture (acquise avec tant de peines !). Un tout petit essentiel ! Ah ! l'implacable ! Ah ! le véridique ! Il me faudra passer, en ce qui me concerne, dans l'éternité rien qu'avec quatre pages qu'il me laisse ! Jaloux à jamais de ce Mazeline qui me gagne décidément à tous les coups, bien fier qu'il peut être, lui, de ses dix pages pleines... Mais, juste retour, la mère Sévigné, obscène pour toujours, avec sa petite lettre entre ses gros appas, n'en sortira pas du froid sidéral... Villon n'est pas des nôtres, et la Mort sans lui n'est plus possible... Quant à Totor, avec moins de deux cents vers, je doute qu'il s'y retrouve...

Il nous presse, le garde-chasse ! Avons-nous même encore le temps de rendre nos comptes aux vivants ?

« Comme il est léger, le bagage qu'on emporte à l'éternité !... »

L'homme des bois ne rigole pas. Il s'y connaît dans l'infini des malices. Quel douanier de nos spirituels ! « Dix pages, monsieur ! Pas une de plus ! Et vous, Racine, rendez-moi ces deux *masculines* ! » Nous en sommes là ! *Alas poor Yorick !*

Désormais, l'effroi d'être coupable environne nos jours... Aurais-je, en passant, réveillé quelque monstre ? Un vice inconnu ? La terre tremble-t-elle déjà ? Vend-on moins de tire-bouchons qu'auparavant ? Il ne s'agit plus d'amusettes, l'homme au ciseau va me couper tout ce qui me reste...

Et cependant, parole d'honneur, nous ne fîmes scandale que bien malgré nous ! Nos éditeurs pourront le répéter à qui voudra l'entendre. Je crache en l'air... À deux mille lecteurs nous pensions, timidement, au début, triés sur le volet, et puis même, faut-il l'avouer, sans l'amicale insistance de l'un d'eux, jamais le manuscrit n'aurait vu le jour... On ne fait pas plus modeste.

Nous avions nos raisons, nous les avons encore. Tout bruit se regrette. Voyez donc ce qu'en pense notre garde forestier. Il s'y connaît. Enfin, l'on nous assure, de tous les côtés, qu'ils reviendront, ces temps obscurs. Avant cinq ans, le *Voyage* sera, paraît-il, parfaitement terminé. Tel est l'avis de nos meilleurs critiques, les « pour » et les « contre ». Mais cinq ans, c'est encore long... Il peut, d'ici là, se passer bien des choses... On peut se faire beaucoup de mal et peu de bien en cinq ans... Je ne veux pas que tout se perde. Trop de gens furent avec moi mieux que gentils. Il se pourrait que je n'écrivisse plus rien. Dois-je penser à mes petits amis ? Le « genre Céline » ? Voici comment il procède... Un ! deux ! trois ! n'en perdez pas un mot de ce qui va suivre !

Voici bien la première fois, mais aussi la dernière, qu'il prend la plume à ce sujet ! Cela ne se fait pas, de défendre son genre ! Il ne se défend pas, il indique. Retenez donc bien ce qu'il explique. Le moment est mémorable. D'ailleurs, pas de fausse modestie, mon gros tambour m'a valu 100 000 acheteurs déjà, 300 000 lecteurs, et m'en vaudra, bien exploité, encore au moins autant. Alors ?... Sans compter le cinéma... Voici de quoi faire réfléchir tout coquin chargé de famille. Allons-y ! Ne me poussez pas ! Voilà comment je m'y prends... Je dirai tout...

La vie donc, je la retiens, entre mes deux mains, avec tout ce que je sais d'elle, tout ce qu'on peut soupçonner, qu'on aurait dû voir, qu'on a lu, du passé, du présent, pas trop d'avenir (rien ne fait divaguer comme l'avenir), tout ce qu'on devrait savoir, les dames qu'on a embrassées, ce qu'on a surpris ; les gens, ce qu'ils n'ont pas su qu'on savait, ce qu'ils vous ont fait ; les fausses santés, les joies défuntes, les petits airs en train d'oubli, le tout petit peu de vie qu'ils cachent encore, et le secret de la cellule au fond du rein, celle qui veut travailler bien pendant quarante-neuf heures, pas davantage, et puis qui laissera passer sa première albumine du retour à Dieu... Oui... Oui... Vous me comprenez ? Vous me suivez ? La jambe difforme de la petite cousine doit y tenir aussi, repliée, et le bateau navire à voiles si grand ouvert à trop de vents, qui n'en finit plus de faire son tour du monde avec son fret en vieux dollars ?... Il faut l'amarrer après votre rêve... Avec son capitaine qui ne veut pas avoir l'air de porter déjà des lorgnons... Et que tout l'équipage essaya, cependant, parce qu'on sait qu'il se méfie... son mousse lippu, dents branlantes, reste trop longtemps dans sa cabine... Et la corde du pendu, calfat, traîne bien loin derrière l'étambot, dans la mousse, loin, d'une vague à l'autre, qui courent après le navire...

Enfin, tout, plus encore, tout absolument, tout ce qu'on a cru, vite, au passage, qui pouvait faire vivre et mourir. Alors, le temps de votre mélange est venu au milieu des mois et des jours, tant bien que mal, au bout d'une année. Ce n'est pas beau, d'abord ; tout cela s'escalade, se chevauche, et se retrouve, en drôle, de places, le plus souvent ridicules, comme au grenier de la mairie. C'est le bazar des chansons mortes. Tant pis ! Mettez ce qui pue avec le reste. Vous n'y êtes pour rien. On vous reprochera tant de choses (presque tout, à vrai dire) tour à tour, que, dans cette pagaye d'invectives et de griefs, au nom de ceci, de cela, tout ce que vous fîtes, ou ferez, finira bien par y passer. La digestion du public s'effectue à coups de reproches. Deux sortes d'auteurs, en somme : ceux qui vous réveillent et qu'on insulte, ceux qui vous endorment et qu'on méprise *in petto.* L'inertie, c'est le sommeil de la race. Il en faut, sans doute. Qui le trouble se fait engueuler. Toute révolte est plus biologique que tragique, plus ennuyeuse que

Gromaire : *Tir forain*. Musée d'Art Moderne de la Ville de Paris. Ph. © Bulloz © S.P.A.D.E.M., 1991.

vexante. A nous, rien ne semble plus banal qu'un éreintement. À la lecture, c'est l'envie d'aider l'auteur qui nous domine, tellement ces pensums se traînent de redites en consonnes. La haine rend décidément encore plus bête que l'amour. C'est tout dire. Nous n'avons rien lu dans le genre qui dépassât, brève ou incontinente, la mauvaise lettre du gastritique qu'on n'a pas pu guérir, ou celle du refoulé, malheureux sans télégraphiste.

Attendons de pied ferme ce joli chef-d'œuvre de gentille humour, d'aimable et ferme dessein qui nous prouvera, par l'émoi, que notre monde entier ruisselait à notre escient, d'adorables dispositions.

Mais tenons notre promesse ! Finissons-en !

Ayant amalgamé tant bien que mal, disions-nous, hommes, bêtes et choses au gré de nos sens, de notre mémoire infirme, modestement, à vrai dire, très humblement (pour ne réveiller encore personne), nous étendons le tout (c'est l'impression que le procédé nous donne) comme une pâte sur le métier. Debout, qu'elle était la vie ; la voici couchée, ni morte ni plus tout à fait vivante... Horizontale, notre pâte... Entre les branches de l'étau, maintenue, soumise à notre gré... Chez Ajalbert, à Beauvais, nous en vîmes qui tissaient ainsi, mais nous, c'est en empoignant les deux côtés que nous travaillons, tiraillons, étirons cette pâte de vie, dangereuse et refaite, par chapitres... C'est le moment bien pénible, en vérité... La voici torturée par le travers et par le large, cette drôle de chose, presque jusqu'à ce qu'elle en craque... Pas tout à fait. Ça crie, forcément... Ça hurle... Ça geint... Ça essaie de se dégager... On a du mal... Faut pas se laisser attendrir... Ça vous parle alors un drôle de langage d'écorché... Celui qu'on nous reproche... L'avez-vous entendu ?... Vous n'avez pas remarqué qu'au moment où sa peau est menacée, l'Homme essaye brusquement, successivement, encore une fois, tous les rôles, toutes les défenses, les grimaces dont il s'est affublé dans le cours de sa vie ? On lui découvre alors, dans ces moments-là, bredouillant, paniquard, facilement trois ou quatre vérités différentes munies d'autant de terminologies superposées... Non ? Vous ne savez pas ? Alors vous n'avez pas remarqué grand-chose... Pourquoi vivez-vous ?

Je dis donc que les miens, bien englués dans l'inclusion tenace et molle où je les place, sont tiraillés jusqu'aux aveux. À vous d'en faire votre profit ! Souvent c'est raté, parfois c'est réussi. On a trop insisté... Pas assez... Il reste de grands segments que le délire ne touchera pas... Tant pis ! D'autres coins où la vie se ratatine sans laisser de couleur. On ne saura jamais pourquoi... Du racontar, ni cuit ni fondu... Pâte pauvre qui ne tiendra guère, sans grâce, ni forme... Recommencer ne sert à rien... Ce qui sort loupé l'est bien... Le Temps se charge du reste... Ce n'est pas du grand art, sans doute, mais il vaut bien, tout considéré, l'autre : « Coiffeur à tout prix – Guerre indéfrisable – Rien qui dépasse – Participe intrompable – Le Peuple à sang-froid... Choses vues par M. Grenouille... » etc.

Les deux genres se défendent, puisque nous ne faisons que passer le Temps.

En attendant, il m'a donné, le garde à Zavie, une écrasante compagnie. Je me défile. Tant qu'à crever d'orgueil, je préfère que ce soit auprès des peintres : le Breughel, Greco, Goya même, voici les athlètes qui me donnent le courage pour étirer la garce. Je fais ce que je peux. J'ai les mains sales, prétend-on. Pas de petits soucis ! Thomas a Kempis, bien pur, lui s'y connaissait en Art, et puis en Ames aussi. C'est un malheur qu'il est mort. Voici comment qu'il parlait : « N'essayez pas d'imiter la fauvette ou le rossignol, disait-il, si vous ne pouvez pas ! Mais si c'est votre destin de chanter comme un crapaud, alors, allez-y ! Et de toutes vos forces ! Et qu'on vous entende ! »

Voilà qui est conseiller, je trouve, comme un père. Qui nous juge ?

Est-ce donc cette humanité nietzschéenne ? Fendarde ? Cornélienne ? Stoïque ? Conquérante de Vents ? Tartufienne et Cocoricote ? Qu'on nous la prête avec son nerf dentaire et dans huit jours on ne parlera plus de ces cochonneries. Il faut que les âmes aussi passent à tabac.

RÉSUMÉ DU ROMAN

(Les numéros qui figurent en début de paragraphe correspondent aux séquences ; les autres aux pages.)

LA GUERRE. LE FRONT.

1. – 15 : Dialogue avec Arthur Ganate. L'engagement.
2. – 21 : Avec le colonel au milieu de la route. La Mort. La distribution de viande.
3. – 35 : Le général des Entrayes, le commandant Pinçon. L'errance dans la nuit, les villages qui brûlent.
4. – 47 : Le lieutenant de Sainte-Engence, le capitaine Ortolan. – 49 : Vivre dans la guerre, la corvée de ravitaillement. – 53 : Le départ seul en mission. – 55 : La halte chez les paysans. – 59 : La rencontre de Robinson à proximité de Noirceur-sur-la-Lys, le désir d'être faits prisonniers. – 63 : Repoussés par le maire ; l'errance jusqu'à l'aube ; la séparation.

LA GUERRE. L'ARRIÈRE.

5. – 67 : Lola, les beignets, la peur de vieillir. – 76 : Le Bois. – 78 : Le Parc de Saint-Cloud, le Tir des Nations. Accès et scandale.
6. – 83 : L'hôpital d'Issy-les-Moulineaux. Princhard.
7. – 97 : L'impasse des Bérésinas. Mme Hérote. La petite Musyne. – 112 : Val-de-Grâce puis hôpital de Bicêtre, le professeur Bestomes. – 118 : Le père Birouette. – 119 : Branledore. – 121 : Discours de Bestombes à Bardamu. – 124 : Les visites de la mère ; la zone.

207

8. – 129 : La sociétaire de la Comédie-Française.

9. – 135 : Les Puta. – 138 : Jean Voireuse. – 141 : Visite à la mère du soldat mort. Deuxième rencontre de Robinson.

L'AFRIQUE.

10. – 147 : Le voyage sur l'*Amiral Bragueton*.

11. – 165 : Fort-Gono. – 168 : Le directeur de la Compagnie Pordurière. – 172 : La nuit d'Afrique. – 174 : Les Français de Fort-Gono. – 177 : L'acheteur de caoutchouc.

12. – 183 : Le stage de Bardamu, l'hôpital. – 193 : De Fort-Gono à Topo sur le *Papaoutah*. – 195 : Topo. – 199 : La justice du lieutenant Grappa. – 204 : Les confidences d'Alcide.

13. – 209 : Bikimimbo, troisième rencontre de Robinson. – 220 : Son départ. – 223 : Bardamu malade. – 226 : L'incendie de la case.

14. – 229 : La traversée de la forêt. – 232 : San Tapeta. – 234 : L'*Infanta Combitta*.

LES ÉTATS-UNIS.

15. – 237 : Arrivée à New York ; Bardamu fuit la galère. – 242 : Agent compte-puces.

16. – 247 : Découverte de New York, la pointe de Manhattan, City Hall, le *Laugh Calvin*. – 254 : L'angoisse du soir, le cinéma.

17. – 261 : Les quartiers pauvres. – 264 : Le restaurant self-service.

18. – 269 : La visite à Lola.

19. – 285 : Detroit, l'usine Ford. – 291 : Molly. – 296 : Troisième rencontre de Robinson. – 299 : La séparation.

RANCY.

20. – 303 : Débuts comme médecin, la condition banlieusarde. – 308 : Bébert et sa tante.

21. – 315 : Le couple Henrouille. – 322 : La grand-mère.

22. – 329 : La fille du cinquième, fausse couche et hémorragie. – 334 : L'exercice de la médecine en banlieue, les honoraires. – 336 : L'arrière-cour, la scène de sadisme.

23. – 343 : Réapparition de Robinson. – 344 : La consultation du bébé de la fille mère, le scandale.

24. – 351 : Maladie de Bébert, l'Institut Bioduret, Parapine.

25. – 365 : Retour vers Rancy, la halte devant la Seine, Montaigne. Bébert est mort.

26. – 371 : Rencontre de la vieille Henrouille et de Robinson. – 374 : Maladie de Robinson. – 376 : Le dimanche à Rancy. – 379 : Les visites de nuit ; le vieillard cancéreux, la femme en train de mourir d'une fausse couche ; son mari. – 385 : Rencontre de Robinson dans la nuit ; il révèle ce que prépare le couple Henrouille.

27. – 393 : La Fête ; Séverine ; le bistrot.

28. – 403 : La tentative d'assassinat a échoué ; la grand-mère Henrouille plus gaillarde que jamais.

29. – 411 : Robinson aveugle ; ses souvenirs.

30. – 421 : Le dispensaire, les malades qui espèrent une pension. – 425 : L'abbé Protiste.

31. – 429 : Il propose à Bardamu d'envoyer Robinson à Toulouse ; Bardamu accepte de le persuader.

PARIS.

32. – 437 : Bardamu quitte Rancy, déambule, rencontre Parapine, est embauché comme figurant au Tarapout.
33. – 451 : Un hôtel d'étudiants au quartier Latin ; Pomone ; le quartier des Batignolles. – 457 : Au Tarapout, la chanson du malheur ; Tania. – 462 : La cavalcade des morts vue de la place du Tertre.
34. – 467 : Retour à Rancy. Agonie de Henrouille.

TOULOUSE.

35. – 475 : Seconde visite de Protiste au dispensaire. – 481 : Toulouse ; la pâtisserie. – 485 : Visite du caveau avec Madelon.
36. – 491 : Robinson plaintif et ne pensant qu'à l'argent. Madelon avec lui.
37. – 501 : La partie de campagne ; la péniche. – 512 : Le dialogue amoureux.
38. – 519 : L'accident de la vieille Henrouille.

VIGNY-SUR-SEINE.

39. – 521 : L'asile de Baryton ; Baryton et Parapine.
40. – 531 : Baryton sur la psychiatrie moderne. – 537 : La vie à l'asile ; la crise du 4 mai. – 544 : Baryton apprend l'anglais. – 549 : Il part.
41. – 555 : Visite de Protiste qui annonce que Robinson veut quitter Madelon. – 559 : Arrivée de Robinson. – 562 : Le récit de sa fuite. – 576 : Réapparition de Madelon. – 579 : Retour à Rancy.
42. – 581 : L'agent Mandamour. – 587 : Madelon à la clinique, les gifles.

43. – 591 : Sophie. Robinson revoit Madelon en cachette. Projet de réconciliation.

44. – 597 : La fête des Batignolles. – 610 : Le retour en taxi. – 620 : Les coups de feu. L'agonie de Robinson.

45. – 625 : Bardamu devant la Seine, au poste de police, au bistrot de l'écluse. L'aube.

BIBLIOGRAPHIE

SUR CÉLINE

Biographies :

F. Gibault, *Céline,* I, *Le temps des espérances (1894-1932),* Mercure de France, 1977.
F. Vitoux, *La vie de Céline,* Grasset, 1988.

Choix d'études générales :

J. Kristeva, *Pouvoirs de l'horreur,* Le Seuil, 1980.
J.-P. Richard, *Nausée de Céline,* Fata Morgana, 1979.
H. Godard, *Poétique de Céline,* Gallimard, 1985.

SUR *VOYAGE AU BOUT DE LA NUIT*

Céline, *Une version initiale du premier chapitre de Voyage au bout de la nuit,* Balbec, 1987.

Édition présentée et annotée :

H. Godard : Céline, *Romans,* Bibliothèque de la Pléiade, tome I, 1981.

Ouvrages :

M.C. Bellosta, *Céline ou l'art de la contradiction,* P.U.F., 1990.
P.A. Fortier, *Le « métro émotif » de L.-F. Céline. Étude du fonctionnement des structures thématiques dans* Voyage au bout de la nuit, Minard, 1981.
H. Godard, *Les Manuscrits de Céline et leurs leçons,* Du Lérot éd., 1988.

Y. de La Querière, *Céline et les mots. Étude stylistique des effets de mots dans* Voyage au bout de la nuit, The University Press of Kentucky, 1973.

D. Latin, *Le* Voyage au bout de la nuit *de Céline : roman de la subversion et subversion du roman,* Bruxelles, Palais des Académies, 1988.

P. Verdaguer, *L'Univers de la cruauté, une lecture de Céline,* Droz, 1988.

F. Vitoux, *Louis-Ferdinand Céline. Misère et parole,* Gallimard, Folio Essais.

Thèses :

J.-P. Dauphin, *Voyage au bout de la nuit de Céline, étude d'une illusion romanesque,* univ. Paris IV, 1976.

P. Lainé, *De la débâcle à l'insurrection contre le monde moderne. L'itinéraire de L.-F. Céline,* univ. Paris IV, 1982.

C. Rouayrenc, *Le Langage populaire et argotique dans le roman français de 1914 à 1939,* univ. Paris III, 1988 (IVe partie, Le secret de Céline).

Numéro spécial :

Études littéraires (univ. de Laval, Québec) 18,2 (1985).

Choix d'articles (on y joindra les articles mentionnés dans le corps de ce volume) :

Ph. Destruel, « Le corps s'écrit : somatique du *Voyage au bout de la nuit* », *Littérature,* décembre 1987, p. 102-118.

B. Elias, « Récit et itération dans *Voyage* et dans *Nord* », *Actes du colloque international de Paris (1986).* Du Lérot éd., 1987, p. 77-86.

H. Godard, « Céline et le mythe du voyage » dans *L'Occhio del viaggiatore,* Olschki éd., Firenze, 1986, p. 87-98.

P. Ifri, « Les manipulations temporelles dans *Voyage* », *Actes du colloque international de Paris (1986).* Du Lérot éd., 1987, p. 109-118.

S. Luce, « *Voyage* en langue anglaise. Les traductions de J. Marks et de R. Manheim », *Actes du colloque international de La Haye (1983),* B.L.F.C., 1984, p. 181-192.

Ph. Murray, « D'un échec de Freud devant Céline », dans *Alphonse Juilland, D'une passion l'autre,* Anma Libri, Saratoga, 1988, p. 197-204.

Ph. Roussin, « La médecine et le narrateur : le destinataire de récits et le dépositaire de secrets », *Actes du colloque international de Toulouse (1990),* Du Lérot éd. (à paraître).

G. Schilling, « Images et imagination de la mort dans *Voyage au bout de la nuit* », *L'information littéraire,* 1971, 2, p. 68-75.

« Espace et angoisse dans *Voyage au bout de la nuit* », *Revue des lettres modernes, Série Céline,* 1, p. 57-80.

L. Spitzer, « Une habitude de style (le rappel) chez M. Céline », *Le Français moderne,* juin 1935, p. 193-208.

S. Teroni, « L'Africa di Céline », dans *L'Occhio del viaggiatore,* Olschki éd., Firenze, 1986, p. 99-116.

OUVRAGES CITÉS

S. Freud, *Essais de psychanalyse,* Payot, 1927.
M. Hindus, *L.-F. Céline tel que je l'ai vu,* Éd. de l'Herne, 1969.
M. Jesenska, *Vivre,* Éditions Lieu commun, 1985.
A. Malraux, *L'Homme précaire et la littérature,* Gallimard, 1977.
P. Morand, *New York,* Flammarion, 1930.
J. Monnier, *Elizabeth Craig raconte Céline,* B.L.F.C. 1988.
P. Nizan, *Le Cheval de Troie,* Gallimard, 1935.
R. Poulet, *Mon ami Bardamu,* Plon, 1971.

TABLE

ESSAI

11   *Introduction*

17   **PREMIÈRE PARTIE :
     LA RENCONTRE D'UN IMAGINAIRE
     ET D'UN SIÈCLE**

17   *1. L'époque à travers ses expériences clés*
     La guerre. – La colonisation. – Le travail immigré.
     – New York. – Le travail à la chaîne. – La banlieue
     des grandes métropoles européennes. – Le point de
     vue des miteux.

26   *2. L'ambiguïté idéologique*
     La critique sociale. – Une vision de l'homme
     incompatible avec une politique progressiste. – La
     question de l'anarchisme. – La fascination du
     biologique.– Le refus radical de l'obéissance et de
     tout ordre hiérarchique par rapport à une politique
     de droite. – Le renversement des positions entre la
     version préparatoire et la version finale de la première
     séquence.

37   *3. Le refus de l'illusion réaliste*
     Le malentendu du rapprochement avec le
     populisme. – La désinvolture dans le traitement
     de l'enchaînement narratif et du cadre spatio-
     temporel. – Le fantastique. – Le personnage de
     Robinson.

47   *4. La présence d'une culture*
     L'écho d'œuvres antérieures sous l'apparence d'anti-
     culture. – Classiques revus et corrigés. – L'écart par
     rapport aux prédécesseurs immédiats. – Un filigrane
     culturel.

55   5. *Un imaginaire gouverné par la mort*
Les hommes qui anticipent leur propre mort. – Expérience de la guerre et savoir médical. – Un récit ponctué de scènes d'agonie. – Au-delà de la mort, la disparition du nom. – Céline envahi par son propre imaginaire pendant la rédaction de *Voyage*.

64   6. *Le monde sensible*
L'unité thématique. – La matière négation de la vie. – La terre et ce qui y pousse. – La nuit forme visuelle de la matière. – Le bruit sa forme sonore. – La matière arrachée à elle-même. – La mise en forme provisoire et sa retombée. – Le corps féminin. – La beauté comme péril. – Le vieillissement dans le décor de la ville.

73   7. *« Tuer et se tuer »*
L'idée d'une complicité des hommes avec la mort. – Ce qui vient des profondeurs. – Désir de meurtre et désir de mort. – Robinson et le bout de la nuit. – Un savoir qui n'est jamais qu'hypothétique.

81   8. *Avec Freud et sous le regard de la psychanalyse*
Les références de Céline à Freud à l'époque de *Voyage*. – Les textes de Freud sur la pulsion de mort. – La connaissance que Céline pouvait avoir de Freud. – L'incompréhension de Freud devant *Voyage* – La timidité dans l'évocation de certaines expériences comparée aux images de *Mort à crédit*.

90   9. *Un tragique du XXe siècle*
La déroute d'exister et de vivre. – La formulation en langage populaire d'un sentiment tragique. – La correspondance avec la thématique. – L'abolition de tout recours et de tout écran. – La démythification de l'amour, du travail, du verbe. – La neutralisation des oppositions. – *Voyage* comme œuvre de son temps par les formes qu'y prend le tragique.

DEUXIÈME PARTIE : L'INVENTION D'UN STYLE

10. *Les choix de langue*
Le français populaire comme dominante de langue du roman. – Les restes de français académique. – Passé simple et passé composé. – Une langue orale autant que populaire. – Le travail dont elle est le résultat. – Morphologie, lexique, syntaxe. – La phrase à anticipation et à reprise. – L'ébauche d'une dislocation de la phrase écrite. – Les recherches de rythme.

11. *Le plurivocalisme*
Les notions de plurilinguisme et de plurivocalisme. – La contestation du français standard. – La rhétorique patriotique, celle de la moralité bourgeoise, du sentiment de la nature, de l'amour, dénoncées par un plurivocalisme d'opposition. – Les deux faces du français populaire. – Le plurivocalisme de partage intime.

12. *Le rire malgré tout*
Le comique marque propre de Céline dans la comparaison avec des textes antérieurs. – La satire des discours. – Le rire libérateur. – Le comique lié aux fonctions du corps. – L'onomastique. – Les néologismes. – Une nouvelle alliance du tragique et du rire.

13. *Au-delà de l'oral-populaire*
La résonance populaire d'expressions non populaires. – Ambiguïtés et approximations. – L'indécidable. – L'intervention du signifiant dans la formation de la chaîne verbale.

14. *« Tout cela est danse et musique »*
Une écriture fondée sur le rythme. – Les composantes de la petite musique. – Écriture et mort.

Conclusion
Voyage dans l'œuvre de Céline, différences et préfigurations. – Jugements rétrospectifs de Céline sur son premier roman. – Bardamu figure mythique du XXe siècle.

153 **DOSSIER**

155 I. BIOGRAPHIE
155 A. La notice biographique de l'éditeur en 1932
157 B. Le témoignage d'Elizabeth Craig : Céline à l'époque où il écrivait *Voyage*

161 II. GENÈSE
161 A. Les versions successives. Les étapes de la rédaction
166 B. Revu et corrigé (Montaigne lu par Bardamu)

167 III. L'ÉPIGRAPHE DE *VOYAGE AU BOUT DE LA NUIT*

170 IV. CÉLINE ET FREUD
170 A. Céline sur Freud à l'époque de *Voyage*
171 B. Freud sur *Voyage*
171 C. Céline : Guerre et désir de mort (1959)

173 V. PUBLICATION ET RÉCEPTION CRITIQUE
173 A. L'accueil critique et le scandale du Prix Goncourt
176 B. *Voyage au bout de la nuit* en justice

178 VI. JUGEMENTS D'ÉCRIVAINS FRANÇAIS
178 A. A l'époque de la publication
181 B. Postérieurs

188 VII. ÉCHOS AMÉRICAINS

191 VIII. POINTS DE VUE MARXISTES

196 IX. LA TRADUCTION DE *VOYAGE* DANS L'ALLEMAGNE NAZIE

198 X. CÉLINE : « QU'ON S'EXPLIQUE... »

207 RÉSUMÉ DU ROMAN

213 BIBLIOGRAPHIE

DU MÊME AUTEUR

Aux Éditions Gallimard

VOYAGE AU BOUT DE LA NUIT, *roman*.
L'ÉGLISE, *théâtre*.
MORT A CRÉDIT, *roman*.
GUIGNOL'S BAND, *roman*.
LE PONT DE LONDRES (GUIGNOL'S BAND, II), *roman*.
CASSE-PIPE *suivi de* CARNET DU CUIRASSIER DESTOUCHES, *roman*.
FÉERIE POUR UNE AUTRE FOIS, I, *roman*.
NORMANCE, *roman*.
ENTRETIENS AVEC LE PROFESSEUR Y.
D'UN CHÂTEAU L'AUTRE, *roman*.
BALLETS SANS MUSIQUE, SANS PERSONNE, SANS RIEN.
NORD, *roman*.
RIGODON, *roman*.
MAUDITS SOUPIRS POUR UNE AUTRE FOIS, *version primitive de* FÉERIE POUR UNE AUTRE FOIS.

La Pléiade.

ROMANS. Nouvelle édition par Henri Godard.
    I. VOYAGE AU BOUT DE LA NUIT - MORT A CRÉDIT.
    II. D'UN CHÂTEAU L'AUTRE - NORD - RIGODON - APPENDICES : LOUIS-FERDINAND CÉLINE VOUS PARLE - ENTRETIEN AVEC ALBERT ZBINDEN.
    III. CASSE-PIPE - GUIGNOL'S BAND I - GUIGNOL'S BAND II.

CAHIERS CÉLINE
    I. CÉLINE ET L'ACTUALITÉ LITTÉRAIRE, I, 1932-1957.
    II. CÉLINE ET L'ACTUALITÉ LITTÉRAIRE, II, 1957-1961.
    III. SEMMELWEIS ET AUTRES ÉCRITS MÉDICAUX.
    IV. LETTRES ET PREMIERS ÉCRITS D'AFRIQUE (1916-1917).
    V. LETTRES A DES AMIES.

VI. LETTRES A ALBERT PARAZ (1947-1957).
VII. CÉLINE ET L'ACTUALITÉ (1953-1961).
VIII. PROGRÈS *suivi de* ŒUVRES POUR LA SCÈNE ET L'ÉCRAN.

Aux Éditions Futuropolis

VOYAGE AU BOUT DE LA NUIT. *Illustrations de Tardi.*
CASSE-PIPE. *Illustrations de Tardi.*

DANS LA MÊME COLLECTION

Michel Bigot, Marie-France Savéan *La cantatrice chauve et La leçon d'Eugène Ionesco*
Arlette Bouloumié *Vendredi ou Les limbes du Pacifique de Michel Tournier*
Pierre Chartier *Les faux-monnayeurs d'André Gide*
Henri Godard *Voyage au bout de la nuit de Louis-Ferdinand Céline*
Geneviève Hily-Mane *Le vieil homme et la mer d'Ernest Hemingway*
Thierry Laget *Un amour de Swann de Marcel Proust*
Jacqueline Lévi-Valensi *La peste d'Albert Camus*
Jean-Yves Pouilloux *Les fleurs bleues de Raymond Queneau*
Claude Thiébaut *La métamorphose de Franz Kafka*

À PARAÎTRE

Patrick Berthier *Colomba de Prosper Mérimée*
Marc Buffat *Les mains sales de Jean-Paul Sartre*
Marc Dambre *La symphonie pastorale et La porte étroite d'André Gide*
Michel Décaudin *Alcools de Guillaume Apollinaire*
Marie-Christine Lemardeley-Cunci *Des souris et des hommes de John Steinbeck*
Claude Leroy *L'or de Blaise Cendrars*
Henriette Levillain *Les Mémoires d'Hadrien de Marguerite Yourcenar*
Marie-Thérèse Ligot *Un barrage contre le Pacifique de Marguerite Duras*
Alain Meyer *La condition humaine d'André Malraux*
Jean-Yves Pouilloux *Fictions de Jorge Luis Borges*

*Composé et achevé d'imprimer
par l'imprimerie Maury à Malesherbes
le 4 avril 1991.
Dépôt légal : avril 1991
Numéro d'imprimeur : K90/32766V*
ISBN 2-07-038350-4. / *Imprimé en France.*

52368